TELOITETUT VILLASUKAT

Tositarinoita kohtalon oikuista

Kaikille kirjoittajille,

jotka rakastavat kirjoittelemista,

vaikka tekniikka yrittää sitä sabotoida.

Kirsti Hakola

Teloitetut villasukat

Tositarinoita kohtalon oikuista

Kustantaja: BoD – Books on Demand, Helsinki, Suomi
Valmistaja: BoD – Books on Demand, Norderstedt, Saksa

ISBN: 978-952-80-8234-7

SISÄLLYS

MISSÄ ON MINNA?

Alkoi hämärtää. Piti etsiä villatakit ja villasukat, piti löytää kaikki kännykät, laturit ja avaimet. Piti kerätä roskat ja eväistä jääneet rippeet. Pullat olivat sujahtaneet parempiin suihin, mutta makkaroita oli vielä jäljellä. Kai uimavälineet ja frisbee-kiekotkin jostain löytyisivät. Piti muistaa piilottaa avain siniseen kukkaruukkuun. Oli aika hyvästellä suvun yhteiskäytössä oleva hieman ränsistynyt, mutta tunnelmallinen pieni punainen mökki Somerolla. Sauna piti muistaa siivota ja piha tyhjentää sekalaisesta romusta. Railin ja Helin, sisarusten, perheet olivat viettäneet taas kerran rentouttavan pikku loman yhdessä. Muu väki tavaroineen ja koirineen oli paikalla, autot lähtövalmiina ja hyvästit heitetty. Vain pikkuinen Minna puuttui.

-    Minna, Minna! Tuu tänne, on lähdön aika!

Heli alkoi tavanomaiseen tapaansa huudella 6-vuotiasta pikkuisintaan, kun aikuisten kokoontuminen mökillä oli päättynyt. Leo ja Nella, molemmat 8-vuotiaita, olivat leikkimässä nurmikolla terassin edustalla, mutta Minna puuttui. Lapset olivat olleet aina paljon keskenään tekemisissä, olivathan he serkuksia ja lähes saman ikäisiä. Kilttejä vesseleitä, viihtyivät yhdessä mainiosti ja vapauttivat vanhempansa keskinäiseen laatuaikaan. Tälläkin kertaa kaikkien vanhemmat olivat saaneet viettää rauhaisan ja rennon lauantain joogan ja meditaation parissa. Nyt he olivat kohottunein mielin valmiit kotimatkalle. Oli aika.

Minnalla oli taipumus viettää aikaa omissa oloissaan, hän leikki mielellään salaisia leikkejä oman mielikuvitushahmonsa Hopreenin kanssa. Hän oli nytkin ehkä omilla salaisilla teillään, jossain lähellä vaikka lähtevän puun oksalla piilossa. Hän oli notkea ja rakasti puihin kiipeilyä. Ei ollut mitenkään epätavallista, että Minna löytyi jostain aivan kummallisesta paikasta. Hän selitti sitten silmät kirkkaina, että Hopreeni ei ollut halunnut vielä tulla piilosta pois, ja tämän vuoksi Minnan pienet korvat eivät voineet kuulla yhtään mitään. Hopreeni ratkaisi, milloin Minna oli kuuloetäisyydellä.

    -    Minna, Minna! Nyt on jo pakko tulla. Lähdetään, kun kohta alkaa tulla pimeä!

Ei Minna ilmaantunut. No, Leon ja Nellan luo selvittämään, mitä mukulat olivat puuhailleet ja missä liikuskelleet, missä Minna voisi piileskellä.

Ensin he olivat tehneet hiekkalinnan rannalla ja sen ympärille korkean vallituksen. Minna oli hienosti koristellut linnan järvestä löytämillään sileänpyöreillä kivillä. Sitten he olivat ottaneet muoviset hammasmukit rantasaunasta ja lähteneet mustikkaan. Sinä syksynä mustikoita oli paljon ja he olivatkin löytäneet ison apajan

ihan läheltä, mutta pelästyneet kovasti, kun Leo oli
alkanut kiljua kovalla äänellä. Hän oli nähnyt käärmeen
metsäpolulla ja oli alkanut huutaa 'kyy, kyy'. Eivät he ihan
varmoja voineet olla, oliko se ollut kyy vai rantakäärme,
mutta kaikki olivat pelästyneet hirveästi. Siinä hötäkässä
Minnan mustikat olivat kaatuneet maahan. Muilla ei
mitään mustikoita mukeissa ollutkaan, kun he olivat
popsineet metsän herkut suoraan suuhunsa. Leo oli kyllä
pinkaissut isilleen kertomaan käärmeestä, ja tämä oli
neuvonut leikkimään mökin lähellä. Vaikka kymmentä
tikkua tai kuurupiiloa tai jotain. Veteen ja laiturille ei
tietenkään saanut mennä, ne olivat ehdottomia sääntöjä,
vaikka kaikki lapset olivat jo kelpo uimareita. Sitten
jossain vaiheessa Minna oli sanonut, että Hopreeni halusi
vielä käydä katsomassa sitä käärmepaikkaa. Mutta sieltä
Minna oli kyllä tullut kohta takaisin ja lampsinut johonkin
rannan suuntaan. Sen jälkeen lapset eivät tarkasti
muistaneet, mistä lähtien Minna ei enää ollut leikeissä
mukana.

Minna oli ja pysyi poissa. Nyt tuli jo lievä hätä. Tämä oli
vallan epätavallista. Vanhemmat korottivat ääntään,
huusivat yhteen ääneen ja erikseen. Huhuilivat entistä
kovempaa ja penkoivat kaikki mahdolliset paikat,
lähimetsät ja rannan. Hajaantuivat eri suuntiin.

- Minna, Minna! kuului kauas. Vesi kantoi äänen
  vastarannalle, se kiiri kauas, kaiku vastasi ja
  toisteli Minna Minna.

Vanhemmat uskottelivat itselleen ja muille, ettei saa joutua paniikkiin. Ei paniikkia, ei paniikkia. Mutta se hiipi kuitenkin jokaisen mieleen. Pitäisikö juosta naapurimökeille, lähteä ajelemaan autoilla, soittaa poliisille vai hälyttää 112:n. Pitäisikö rauhoittua ja rukoilla apua korkeimmalta. Sitä jokainen heistä oli jo mielessään tehnyt, rukoillut apua omalta auttajaltaan kuten he olivat tottuneet koko elämänsä ajan tekemään. Sieltä se apu oli yleensä tullutkin.

Kaikki rakennukset, lähiympäristö, ranta ja laituri oli tutkittu. Nyt oli pakko tehdä jotain, paljon, paljon ja heti. Tuli jo kiire, ilta tummeni ja järvi liplatti synkästi laineillaan.

Tehtiin kaikki, nopeasti ja tehokkaasti. Leon vanhemmat hajaantuivat juoksujalkaa naapurimökeille, Nellan äiti Raili soitti poliisille, isä 112:een ja Minnan isä tutki edelleen lähimaastoa apunaan hyvä taskulamppu ja pari pitkää keppiä. Helin mieli oli sekaisin, hän ei pystynyt enää toimimaan järkevästi, itki hillittömästi ja syytteli itseään hiuksiaan repien.

- Miksi minun piti viivyttää sitä retriitin jälkeistä rukoushetkeä niin pitkään. Ajattelin vaan, että oli niin mahtavan kohottava tunnelma ja läheisyys kaikkien kesken. Itsekäs olin. En malttanut lopettaa, halusin sen hyvän tunnelman jatkuvan, yhdessä siunatussa yhteydessä ja luonnon keskellä pyhän kirjan sanoman äärellä, tuskaili

Heli kädet rinnalla tiukasti ristissä rystyset valkeina.

Vanhemmat tiukkasivat Leolta ja Nellalta vielä tarkemmin yhteisiä polkuja ja poikkeamia, mutta eipä siitä sen selvempää tullut. Lapset alkoivat panikoitua ja itkeä, varsinkin Leo itki jo hillittömästi.

Eikö Taivaan isä tai suojelusenkelit voisi auttaa? Toisivat jo Minnan esille jostain Hopreenin keksimästä piilosta. Tai jos Hopreeni oli pakottanut Minnan jonnekin piiloon, tulisivat nyt jo esille. Ei ole enää kivaa, aprikoi Nella ajatukset ja tukka yhtä sekaisin

Paikalla olleet mökkinaapurit kertoivat Leon vanhemmille, että kyllä he olivat nähneet kaikki kolme lasta yhdessä metsässä, iloisina ja touhukkaina. Varmaan olivat olleet mustikassa, mutta se oli kestänyt vain hetken. Ei naapureilla valitettavasti muita havaintoja enää sen jälkeen ollut.

Poliisit olivat luvanneet tulla paikalle pikapikaa tarkistamaan tilanteen. Heidän kokemuksensa mukaan onneksi lapset ilmaantuivat yleensä aika nopeasti mitä ihmeellisimmistä paikoista itsekseen.

-   Ei huolta, ongelma selviäisi varmasti kohta itsestään, kertoi konstaapeli puhelimessa rauhoittavasti. Poliisit auttaisivat kaikin tavoin.

Mökki oli tiettömien taipaleiden takana, sehän sen tarkoitus olikin. Luonnon rauhaa, hiljaisuutta ja omaa tilaa, paljon omaa tilaa. Siksi poliisien paikalle tulo tuntui kestävän ikuisuuden. Vaikka ei se todellisuudessa kovin kauaa kestänyt. Odottavien aika oli kuitenkin tuntunut loputtomalta. Mitään he eivät osanneet tehdä. Aurinko oli jo laskenut mailleen ja hämärä tiheni hetki hetkeltä. Tuli pimeä, hyttyset ja paarmat. Nyt itkivät ja rukoilivat jo kaikki, muodostivat voimapiirin käsi kädessä kaikki ja pyysivät apua ylhäältä. Eivät uskaltaneet katsoa toisiaan. Eivät ymmärtäneet mitä oli voinut tapahtua.

Poliisit olivat heti tienneet minne ajaa, lähteneet rivakasti kuten aina, kun lapsesta oli kysymys, ja olivat löytäneet ongelmitta perille. Poliisit ottivat tilanteen hallintaan, kuulivat kaikkia asianosaisia, lapsia hyvin hienotunteisesti, lohduttivat ja valoivat toivoa. He eivät olleet ensimmäistä kertaa etsimässä pikkulapsia, jotka saattoivat hyvinkin kävellä jopa kilometrien päähän. Olihan loppukesä, varsin valoisaa ja vasta pari tuntia Minnan katoamisesta. Helikopteri oli hälytetty, se oli jo oikopäätä matkalla ja sen lämpökameran avulla oli helppo löytää piilossa olevat eksyneet ihmiset mitä vaikeimmistakin paikoista. Varmuuden vuoksi myös sukeltajat olivat tulossa. Läheisten piti vain kerätä voimia, ehkä oli paikallaan mennä yöksi mökkiin tai kotiin. Viranomaiset olivat nyt vastuussa tilanteen kehittymisestä ja etsinnästä.

Muutaman tunnin kuluttua kaikki sortui palasiksi, säpäleiksi. Maailmanloppu.

Sukeltaja löysi Minnan ylösalaisin käännetyn veneen alta. Mitään ei ollut enää tehtävissä.

Kaikkien mielessä kulki elokuvan tavoin pahin mahdollinen näkymä, pikkuinen Minna paniikissa, uimataitonsa unohtaen, apua huutaen, silmät itkussa, kädet vettä kauhoen, pikkuhiljaa uupuen, pohjaan vajoten. Kukaan ei voinut ymmärtää miksi, kuinka, milloin, miten. Ei näin voinut tapahtua ei Minnalle, ei meille. Ei tämä ollut totta, ei saanut olla.

Mutta se oli totta. Minna oli hukkunut järven ikuisuuteen. Oli tullut Minnan aika.

Viranomaiset joutuivat suorittamaan tutkinnan, kuulemaan paikalla olleita aikuisia, naapureita, kevyesti vanhempien ja sosiaaliviranomaisten läsnä ollessa myös Leoa ja Nellaa. Kuultavat itkivät, eivät olleet hyväksyneet tapahtunutta. Myös kuulustelijoilla oli ollut usein kyyneleet silmissä. Pienten lasten kuolemat olivat kaikkein vaikeimpia asioita karskeille poliiseillekin. Ihmisiä kaikki olivat pöydän kummallakin puolella, isiä ja äitejä. Ei ilmaantunut mitään uutta, kaikki oli tapahtunut kuten jo monta kertaa oli kerrattu.

Konstaapelit tutkivat tapahtuneen kaikilta kanteilta ja pohtivat sen oikeudellista puolta. Olisiko vanhempien tullut paremmin valvoa lasten liikkeitä järven rannalla, olisiko pitänyt olla koko ajan katsekontakti? Kysyivät neuvoa esimiehiltä, oliko ennakkotapauksia tai selvää vastausta lakipykälistä.

Lopputuloksena oli, ettei tullut ilmi seikkoja, jotka olisivat ylittäneet rikosepäilyn tunnusmerkit. Viranomaisten käsityksen mukaan kukaan ei ollut syyllistynyt rikokseen tai laiminlyöntiin. Ei siis ollut syytä oikeudellisiin jatkotoimiin. Tapahtuma osoittautui hirveäksi ja kohtalokkaaksi vahingoksi. Onnettomuuksia ja vahinkoja sattuu. Se on elämänkulku, ei kenenkään syytä.

Minnan äiti vaati, että häntä vastaan nostettaisiin syyte lapsen huollon laiminlyönnistä. Hän halusi tulla rangaistuksi, halusi sovittaa oikeudellisesti ja moraalisesti tapahtuneen. Vankilaan hän halusi pyytämään anteeksi, pitkäksi ajaksi, vuosiksi. Sitten hän voisi jatkaa elämäänsä - ehkä. Mutta eihän syytettä voi nostaa, kun ei ollut tapahtunut mitään rikosta eikä laiminlyöntiä. Vahingoista ei voi nostaa syytettä. Poliisiviranomaiset joutuivat selittämään asian monasti ja juurta jaksain.

Elämä jatkui, oli pakko. Mieli murskana, sielu säpäleinä, perheiden elämä täynnä surua ja kaipausta. Kysymyksiä ja kysymyksiä, ei vastauksia. Raskaasti ja verkkaisesti kulki aika, synkkä painolasti sydämissä. Lohdutonta. Ahdisti niin, että silmissä kipunoi. Ei voinut saada mistään lisää voimia, ei ollut edes halua. Piti kärsiä ikävää. Ei voinut luopua Minnasta.

Kuuden raskaan vuoden jälkeen koitti Leon rippileirin aika. Nuori ja ystävällinen leiripappi yritti saada Leoon kontaktin, olisi jutellut ahdistuneena tuntuisen pojan kanssa. Leo pysyi vaiti. Oli sulkeutunut ja näytti itkuiselta. Kun leiriläisille tuli mahdollisuus yksityiseen rippiin, Leo kuunteli tarkasti kaikki lupaukset ehdottomasta salassapidosta. Varmisti vielä omilla kysymyksillään, oliko ymmärtänyt oikein.

- Et siis kerro vanhemmille tai muille. Onko varma? intti Leo.
- En varmasti, rippisalaisuus on pyhä ja ehdoton, laissa säädetty, vakuutti leiripappi, nuori ja mukava punatukkainen, iloinen nainen. Vasta aloittanut virassaan Leon omassa seurakunnassa. Hän lupasi kuunnella ja kätkeä sydämeensä ikiajoiksi kaiken ripissä kuulemansa. Kuin Maria Jeesuksen sanat. Hän tiesi, että nuorilla oli usein paljon, yleensä pieniä tai hieman suurempiakin omantunnon tuskia avattavina. Rippi oli hänelle mieluisa tehtävä, jossa voi jakaa hyvää ja toteuttaa Raamatun armeliasta sanomaa anteeksiannosta.

Ja näin Leo sai hiljaa kuiskata papille elämänsä tuskan.

- Siellä meidän mökillä silloin, kun Minna hukkui ja kuoli, niin minä tönäisin Minnan laiturilta veteen. Se oli niinku vahinko, en mä tarkottanu mitään. Me oltiin kaksistaan kielletyllä paikalla, laiturilla. Ei sinne olisi saanut mennä ilman vanhempia. Minna rupesi haukkumaan minua, että muka olin kaatanut ne Minnan mustikat tahallani maahan, kun pelottelin sillä käärmeellä. Kyllä se käärme oli kyy, näin sen mustan sahalaidan ihan selvästi. Sitten mä suutuin

Minnalle ja ihan vähän tönäisin sitä. Sitten se vaan horjahti veteen. Mutta Minna osasi uida, oikein hyvin, oli meistä melkein paras. En mä mitenkään voinut ajatella, että Minna jotenkin joutuisi veneen alle. Se oli ihan kamalaa. Enkä mä oo uskaltanut tästä koskaan kertoa kenellekään. Siitä lähtien mun elämä on ollut ihan paskana, ihan pilalla. Aina tää on mun mielessä.

- Leo-kulta, todella sydäntä särkevä tapaus. Olit hyvin nuori onnettomuuden sattuessa, alaikäinen. Vieläkin pieni, Jumalan luoma. Tuo on aivan liian raskas taakka yksin sinun kannettavaksi. Tarvitset tukea, paljon tukea. Todella hyvä, kun tulit puhumaan. En tietenkään kerro asiaa eteenpäin, sen kieltää jo lakikin. Ehdotan, että otat vastaan seurakunnan avun. Me papit voimme keskustella tämmöisistä asioista sielunhoidollisessa tarkoituksessa kahden kesken. Kun vain tulet juttelemaan minulle toiste, vaikka ihan säännöllisesti, vaikka kerran viikossa. Mielelläni keskustelen lisää ja teen parhaani, että vapautuisit kohtuuttomasta ja synkästä mielipahasta. Tuletko uudestaan, riparin päätyttyä?

- Ihan varmasti tulen. Kiitos sulle, nyt mulla on jo vähän parempi mieli. Mutta ei se vielä mitenkään hyvä ole. Ehkä ei koskaan.

- Yritetään kuitenkin Leo-kulta. Minä uskon, että yhdessä me onnistutaan.♣

ARVOKKUUS ENNEN KAIKKEA

Ei maistunut minkäänlainen ruoka, ei mennyt alas
thaimaalainen, ei nepalilainen, ei edes perinteinen
ranskalainen. Oksetti vaan. Ei maistunut mikään juoma, ei
viini, ei olut, ei yömyssy. Ei pystynyt keskittymään
toimittajan luoviin töihin, ei kirjojen kaunosieluisuuteen,
ei filmien juonikäänteisiin, ei äänikirjojen kohinaan. Eivät
korvat kuulleet puhetta, keskusteluja, kysymyksiä, ilkeilyä.
Tai ehkä kuulivat, mutta eivät ymmärtäneet. Eikä
tietenkään tullut uni, ei yöllä eikä päivällä.

Mutta eihän umpirakastunut nainen muuta tarvinnutkaan
kuin rakkautta, ei ainakaan kovin paljon. Ihan
perustarpeiksi vaan. Ruokaa, juomaa ja puhetta
maailmassa oli ihan liikaakin. Niin myös pullukoita
ihmisiä, suurkuluttajia ja turhan höpöttäjiä. Nukkuminen
kuului hautaan - sitten joskus.

Kaikki oli Lisbethin elämässä nyt totaalisen toisin kuin
entisessä, tasaisen siniharmaassa arjessa. Auringonnousun
oranssit pilvet olivat laskeutuneet maan pinnalle ja
värjäsivät ajatukset lapsellisen onnellisiksi. Ei sille voinut
mitään, että ihminen leijui pilvien päällä. Ei voinut, vaikka
yritti. Oli yrittänyt jo yli puoli vuotta.

Lisbethin ajatukset olivat komeassa kohteessa, jonka pituus oli tasan 190 senttiä. Jonka vaalea kiharapehko ja kutittava parta eivät lainkaan viilentäneet viehätystä. Jonka siniset silmät tuikkivat huumoria ja tilannekomiikkaa, äly säkenöi oivalluksia ja yksityiskohtaisia analyysejä. Jonka tietomäärä miltei kaikilta eri aloilta kulttuurista urheiluun tuntui uskomattomalta.

Liikaa värikynää, kyllä Lisbeth sen järkinaisena ymmärsi, mutta antoi itselleen anteeksi. Hän oli vain odottanut kauan tätä miestä ja näitä supergeenejä. Nyt ne oli löytynyt kaikki, yhdessä ja samassa upeassa paketissa. Lisbeth oli vakaasti päättänyt, että tuossa oli hänen tulevan lapsensa isä. Lisbethin biologinen kello ei enää kauaa tikittäisi, se taisi jo nyt jätättää pahasti.

Oli vain muutama huono seikka, oli vaimo ja lapsi. Oli ollut jo yli kymmenkunta vuotta.

Tokihan Lisbeth oli kuullut ja kuunnellut muiden hienotunteisia varoittavia kommentteja ja elämänohjeita. Ymmärsi itsekin suhteen luonteen ja rajoitukset. Hänhän oli rationaalinen, työelämän karikoissa ja toimittajan työssä karaistunut, maailmaa nähnyt ja kolhuja kokenut. Hän sopeutui myös topakasti siihen, että kaikesta oli hinta maksettava. Ihmissuhteissa ei tunnettu alennusmyyntejä eikä happy houreita.

Vaarat vaanivat tässä salasuhteessa, piti kuulemma vielä vähän aikaa peitellä ja väistellä. Kyllä se sitten siitä! Mutta asiat oli suunniteltu poikki ja pinoon, oli monasti kerrattu, siniset silmät olivat katsoneet syvälle ja sanat olivat olleet vilpittömät. Oli tehty pitkän tähtäimen yksityiskohtainen, hieno suunnitelma, mutta nyt ei vielä ollut tosi toimien aika. Piti olla hienotunteinen ja hoitaa hommat tyylillä, arvokkaasti. 190-senttinen oli selittänyt, että hänellä ja vaimollaan oli molemminpuolinen täysi vapaus. Kumpikin liikkui eri piireissä, harrasti eri asioita, nukkui jo vuosia eri huoneissa. Katse oli suunnattu samaan suuntaan vain televisiota katseltaessa. Ehkä joitakin edustustehtäviä oli pikku pakko hoitaa yhdessä, mutta ei niitä paljoa ollut. Ei vaimo ollut vuosiin käynyt edes perheen kesähuvilalla.

Lisbeth kunnioitti kauniita käytöstapoja ja arvokkuutta. Ja tottakai hänellä oli aikaa tässä valmiissa maailmassa.

Nyt Lisbeth oli ensimmäistä kertaa tuolla kesähuvilalla. Eipä se ollutkaan mikään pikkuinen tönö. Oli rantasauna ja poreallas, oli remontoitu keittiö uusine kodinkoneineen, oli huvilan ympäröivä ja uusilla kesäkalusteilla houkuttelevaksi tehty aurinkoterassi. Ja nyt paikalla olivat vain he kaksi, kännykät kiinni, saunajuomana samppanja. Toistaiseksi vasta ensimmäinen pullo avattuna, mutta varastossa oli odottamassa monta huurteista lisää.

Poreallas järven rannalla ei ehkä ollutkaan ihan sopimaton, vaikka Lisbeth aluksi oli niin ajatellut. Siihen oli 190-senttisellä hyvin varaa ja se soveltui sangen sopivasti samppanjahetkiin. Olihan molemmilla vaativa ja raskas työ, joka suorastaan edellytti vähintään tämän tasoisen ympäristön haihtuakseen taivaan tuuliin ja pois yhteisten unelmien tieltä.

Kun puhelin yhtäkkiä pärähti soimaan jo kauas menneisyyteen unohtuneella, vanhanaikaisella äänellä, oli se molemmille melkoinen yllätys. Lankapuhelin oli tosin tarkoituksella vielä yhdistetty huvilalle. Eihän sitä koskaan tuosta tekniikasta tiennyt ja tärkeistä tärkeimmät asiat saattoivat vaatia.

- Voisinko saada Lisbethin puhelimeen. Täällä toimituksessa on nyt hätätilanne, kysyi miesääni 190-senttisen vastattua puheluun.

Puhelu kesti kauan eikä Lisbeth paljoa puhunut, kuunteli vain kalpeana.

- Voi, voi, nyt joudun valitettavasti lähtemään heti, ilmoitti Lisbeth 190-senttiselle.

Hyvä, että vasta oli avattu ensimmäinen samppanja ja sitä oli vielä reilusti jäljellä. Lisbeth oli kastanut vain kielensä herkkujuomaan. Loput saisi 190-senttinen yksin nauttia. Vielä virkistävä lähtökahvi korvapuusteineen huvilalla, hellääkin hellemmät jäähyväiset ja Lisbeth kaasutti reippaasti matkaan.

Sitten tulivat kyyneleet.

Eihän se puhelu töistä tullut eikä mitään toimituksellista hätätilannetta ollut. Hätätilanne syttyi vasta puhelun jälkeen. Miesääni oli ollut vaimon hyvän ystävän, joka oli hämäyksen vuoksi aloittanut puhelun, jotta 190-senttiselle ei selviä, että vaimo halusi vähän selventää asioita Lisbethille. Huvilanaapurit olivat havainneet, että 190-senttisellä oli taas uusi neitokainen porealtaassa pulikoimassa. Oli sovittu, että silloin ilmoitettaisiin vaimolle, myös vieraan auton rekisteritunnus. Vaatimaton salapoliisityö Traficomiin oli johtanut vaimon oikopäätä Lisbethin jäljille.

Lisbeth oli kuunnellut vaimon yksityiskohtaisen selvityksen varsin onnellisesta avioliitosta, johon muun ohessa kuuluivat miehen säännölliset syrjähyppelyt. Ne pitivät miehen yhtä viriilinä kuin siniset pillerit, eivätkä satunnaiset typykät vaimoa suuremmin haitanneet. Ainakaan nyt, kun vaimo odotti pariskunnan toista lasta ja he olivat yhdessä suvun kesken juuri edellisenä viikonloppuna juhlineet sitä, hän kun oli jo neljännellä kuulla. Kaikkeen tottuu, erityisesti merkityksettömään fyysiseen pettämiseen. Ja oli heillä periaatteessa paljon keskinäistä läheisyyttä ja hauskaa. Yhdessä naureskeltiin jopa syrjähypyille, olivat ne joskus niin surkuhupaisia - ne hyväuskoiset neitokaiset.

Ja sitten loppuivat kyyneleet.

Arvokkuus ennen kaikkea. Tämä suhde sai olla tässä! Oivallus ja helpotus. Lisbeth purskahti aitoon ja hersyvään nauruun. Auto ei ollut pysyä tiellä, kun naurulle ei meinannut tulla loppua.

Lisbeth oli poistattanut hormonikierukan jo suhteen alussa, ja odotti nyt kauan toivomaansa lasta.

Kohta koittaisivat superhauskat ajat! Varsinkin 190-senttiselle joulun ajasta muodostuisi kiireinen, kun hänen täytyisi sukkuloida eri ristiäisissä. Olipa hänelle tiedossa joululahjoja kerrakseen, sillä hänen molempien lastensa - ainakin näiden kahden jo tiedossa olevan - laskettu aika osui juuri joulun tietämille. Joulun ilosanoma tuplana.

Lisbeth kyllä pärjäisi tosi hienosti yksin lapsen kanssa, ja ristiäisistä hän tekisi arvokkaat juhlat. Voi kun lapsi olisi tyttö - ja lyhyt! ♣

ILMARIN IHMEELLINEN MAAILMA

Jaahas, taas yksi piloille hemmoteltu poika. Ei millään
jaksaisi. Ilmari von Taubert, kahdeksan vuotta ja
aggressiivinen. Mutta pakko jaksaa. En varmaan saa
mitään irti pojasta, taitaa tulla pitkä, synkkä yksinpuhelu.

- Hei Ilmari, minun nimeni on Kirsi. Kertoisitko
  aluksi, mitä sinulle kuuluu.
- Mä en tykkää koirista.
- Aika jännä asia, että sä et tykkää koirista. Teidän
  perheessä on kyllä aina ollut koiria, oikein kivoja
  ja kilttejä koiria. Kerran sinulla oli koira
  koulussakin, kun opeteltiin tunnetaitoja. Onko
  sinulla joku syy, kun et tykkää niistä.
- No kun ne kuolee. Se Jeppe oli mun ainoo
  kaveri.

Musta otsatukka silmillä, räkää ylähuulessa, silmät
kosteina kyynelistä, poskilla tummat likajuovat, jalat
ilmassa, sukat eri paria, isovarvas pilkottaa. Uusi
ruudullinen Vans-reppu lattialla retkottaen. Liian suuri
tuoli Ilmarille, alcantaraa, verhoilukankaiden aatelia, hieno
ja kallis, tummansininen. Koululla on varaa, varaa myös

koulupsykologiin. Harvinaista, ylellistä. Yksityiskoulu, yksi niitä harvoja enää. Ei eroa julkisista kouluista oikeastaan muutoin kuin oppilasaineksen suhteen. On merkkivaatteita ja -kenkiä, kalliita laukkuja, isoilla tytöillä nimekkäitä käsilaukkuja, ostettu vartioiduista liikkeistä. Katumaastureilla kouluun, kiireellä viime tipassa ja ilme kireänä, suu viivana.

- Kuule Ilmari, tuo on todella ymmärrettävä syy olla surullinen, mutta se on ihan eri asia kuin ettei tykkää jostain, esimerkiksi koirista. Oletko ajatellut, että jospa tykkäät niin paljon koirista, että et halua luopua niistä. Kuoleminen on lopullista, luopumista. Kuollut koira ei tule takaisin, ei sen kanssa voi enää leikkiä, mutta ei sitä tarvitse viedä uloskaan. Kaikilla asioilla on monta puolta, se kannattaa aina muistaa. Taidat tykätä todella kovasti koirista. Ja varmasti sinulla on muitakin ystäviä.
- En tiä. Ei mulla oo kavereita.
- Jutellaan kavereista myöhemmin, mutta kerro aluksi mistä sä tykkäät, Ilmari.
- Mä tykkään tehdä pahaa.
- Voitko vähän kertoa, mitä sä silloin teet, kun teet pahaa.
- No, kerran mä tönäisin yhen pikkutytön meidän uima-altaaseen. Ei se osannut uida, se oli ihan pieni, jotain neljä vee. Ei se ollu mun kaveri. Mä olin jotain viis vee.
- Miksi sinä tuon teit ja miten siinä sitten kävi?

- No, se ärsytti mua, itki aina ihan pienistä asioista ja roikkui mussa kiinni. Se oli naapurin tyttö. Äiti huomasi sen ihan heti siellä vedessä ja otti vaan kädestä kiinni. Nosti sen ylös. Ei se tyttö kerinnyt edes upota syvälle, ihan pinnassa se vielä räpiköi. Äiti vähän torui mua, mutta tiesin mä kai muutenkin, ettei noin olisi saanut tehdä. Mua vaan rupes se ärsyttämään ja mä ragesin. Se tyttö pelästy ihan kamalasti, vapisi ja huusi älyttömän pitkään.

Ai vähän torutaan, kun toinen lapsi oli hengenvaarassa. Perusteellinen ja vakava keskustelu koko perheen kanssa olisi ollut välttämätön. Ei pieni voi ymmärtää hukkumisvaaraa. Kotona uima-allas, hm… Mutta Ilmari avautuu hiukan, alku lupaa hyvää. Jospa tästä kuitenkin….

- Entä sinä, pelästyitkö sinä miten siinä olisi voinut käydä.
- En tiä. Se mua harmitti ihan hirveesti, kun me mentiin illalla naapuriin ja mun oli pakko pyytää anteeksi. Mä rupesin itkeen ja se oli kamalaa.
- Olipa onni, ettei käynyt pahemmin. Te selvisitte säikähdyksellä. Tekisitkö noin uudestaan, Ilmari?
- No en! Se uima-allas on nyt ihan tyhjä, ei siinä oo vettä. Ei sitä kukaan jaksanu pitää puhtaana. Kai se on parempi niin, vaikka mä oon jo paljon vanhempi ku silloin ja osaan uida ihan hyvin.
- No, onko jotain muuta pahaa, mitä sä teet?

- …. Joo, no mä tykkään kiusata ja potkia toisia…
Sit mä tykkään lyödä, varsinkin mun isosiskoa…
Ja vielä mä tykkään sylkeä naamalle…Ja mä oon
syöny karkkeja kaupassa enkä oo maksanut niistä
mitään, vaikka mulla on ollu rahaa... Mä tykkään
häiritä tunneilla…. Ja panna purkkaa tuolille… ja
oon mä lähettänyt haukkumaviestejä netissä
ja…..

Katse ikkunasta ulos, verkkainen puhe kuin kuiskaus,
kynsinauhat punaisiksi pureskellut, nenän niiskauksia,
huokauksia, ei kovistelua, ei uhoa. Silmissä kyynelten
kimallus, välillä jalkojen vimmainen heilutus ja paremman
istuma-asennon etsintä. Pieni Ilmari-raukka.

- Sinä olet todella hyvä kuvaamaan kaikkea, mitä
teet. Kerropa vähän tarkemmin, milloin on kiva
potkia ja lyödä tai sylkeä.
- Noo, vähän aina. Mut ainaskii sillo, kun mun
isosisko haukkuu mua aadeehoodeeksi. Se saa
mut rageen tosi kovin ja sillo mä tykkään potkia,
ihan heti ja kovaa. Muutenkin se ärsyttää mua
aina, räpättää kaikista asioista. Se on viisi vuotta
vanhempi ku mä. Aika hyvä koulussa ja mä en
oo.
- Miten on, pelaatko sinä paljon pelejä?
- Tottakai, niin paljon ku saan. Ja joskus salaakin.
Mulle on ostettu hieno, semmonen kaareva
pelinäyttö ja pehmeä tuoli pelaamista varten.

Kaikilla muillaki on. Me pelataan paljon yhdessä kavereiden kanssa.

- Siis sinulla on kavereita?

- Ei, en mä oikeesti tiedä ketä ne pelikaverit on, ne voi olla kaukaa, ihan muista maista. Mut koulussa, mä oon kuullu, kun ne koulussa haukkuu mua takanapäin itku-Iivariksi.

- No voi. Entä tuleeko joskus riitaa vanhempien kanssa, että pelaat liikaa.

- Joo, tulee melkein aina. Sit mä saan rangaistuksia, tunnin tai puolen tunnin pelikiellon. Ei se tunnu kauheelle, mutta kun mulla ei oo mitään muuta tekemistä. En mä haluais pelata niin paljon, mutta jotenki vaan aina mä meen koneelle. Mä rikoin näytön, kun mä huitaisin sitä jakkaralla, vähän vahingossa, mut olin mä suuttunu, kun yks peli ei menny. Silloin isi anto mulle koko illan pelikiellon. Sit se kävi hakemassa parin päivän kuluttua jostain uuden näytön, mut sekin meni jotenki rikki. En tiä.

Ei voi olla totta. Mikä rangaistus on tunnin, parin pelikielto, ei mikään. Eikä jakseta pitää ylellistä ja kallista uima-allasta kunnossa. On tämä maailma muuttunut omista ajoistani, kyllä silloin kaikki oli toisin. Rangaistukset tuntuivat vielä monta päivää pakaroissa. Nälviminen oli monissa kodeissa ainoa kasvatusmetodi.

- Mitä mieltä itse olet omasta käytöksestäsi?

- Mun isi on hirveen kiltti, se on superkivakin. Jos
  mä saisin vaikka viikon pelikiellon, se ois jotain.
  Mun luokkakaverit saa, mutta niillä onkin paljon
  ankarampaa kotona, ne saa pelata vaan tunnin
  päivässä tai jotain. Niitten vanhemmat taitaa
  huolehtii niistä vähän kovemmin, en tiä. Mun isi
  ja äiskä tekee niin paljon töitä, että mä saan
  vissiin sen takia pelata aika paljon, ainaski
  enemmän ku muut mun luokalla. Niitten
  vanhemmat pelaa lautapelejä lasten kanssa, käy
  laskettelemassa ja jotain. On meilläkin sukset,
  mutta ei me oo keritty mäkeen koko talvena.
- Kaikki perheet on ihan erilaisia. Sinullakin on
  oikein hyvä perhe ja fiksut vanhemmat. Heillä
  vaan on tosi paljon vastuullista työtä ja siihen
  menee paljon aikaa.
- Mä haluun kunnon rangaistuksia. Kyllä mä sitten
  oppisin, ainakin musta tuntuu nii.
- Kuule Ilmari, tuokin on hyvin harvinaista, että
  ala-asteen koululainen haluaa rangaistuksia. Tulee
  mieleen, että haluat käyttää valtaa perheessä.
  Voisiko olla niin?
- Ai mitä valtaa? En mä mitään valtaa halua. Mä
  haluun olla rauhallisempi, etten mä suuttuisi
  kaikista asioista. Mä rageen niin helposti. Menee
  tunteisiin. Mun isosisko ei suutu koskaan, ei se
  ragee silloinkaan kun mä potkin ja lyön sitä. Mut
  sylkemistä se ei voi sietää, sillo mä saan sen aina
  pillastuun. Sit se lyö takas, mua se vaan naurattaa.

Voi pientä Ilmaria, kyllä on temperamenttinen kaveri.
Taitaa olla mielikin hahmottumaton. Luottavaisella
kontaktilla voisi saada paljonkin hyvää aikaan, jos vain
Ilmari jaksaa jatkaa tätä terapiaa vielä. Pitää itse nyt
panostaa tähän kunnolla.

- Miten on, onko teille koulussa opetettu jotain
  tapoja rauhoittua? Pysähtymistä ja miettimistä tai
  jotain muuta?
- Joo, on. Pitää hengittää syvään ja pitkään, sisään
  ja ulos, puuh puuh. Ei se mitään auta. Tai sit
  pitää kattella omia sormia ja leikkiä, että ne on
  jotain vuoria ja kuljettaa sormia ylös ja alas toisia
  sormia pitkin. Aika outoo mun mielestä.
- Niinhän se voi olla. Tiedätkö Ilmari, mitä se
  ADHD tarkoittaa? Kerroit, että isosiskosi
  nimittelee sinua sillä lailla.
- Joku vika se on, semmoinen ettei voi olla
  paikoillaan. Pitää olla aina hässläämässä jotain.
  Vähän niin kuin mä.
- Juuri niin ja jos se oikein vaivaa tai haittaa, siihen
  on kyllä lääkkeitäkin. Moni on sillä tavalla
  rauhoittunut kovasti ja elämän laatu on
  parantunut. On tullut itsellekin parempi mieli ja
  on muuttunut mukavammaksi ystäville. Mutta
  sitä ennen pitäisi tehdä vähän kokeita ja käydä
  pari kertaa lääkärin luona. Miltä se tuntuisi?
- En mä mihinkään lääkäriin haluu mennä.
  Kunnon rangaistukset mä haluun. Ei mitään
  yhden tai puolen tunnin pelikieltoja, viikko tai jos
  ei se auta, niin kaksi. Ja sit ois kiva, jos ois jotain

muuta tekemistä. Tai kavereita. Tai äiskä enemmän kotona.

- Ehkä minun täytyisi keskustella tästä vanhempiesi kanssa. Sopiiko sinulle, että kerron tästä keskustelusta heille ja siitä, että haluaisit muita tai vähän kovempia rangaistuksia.

- Joo, käy se. Sit sä voisit pyytää niitä, ettei ne aina kertois sitä yhtä tyhmää juttua, jonka mä tein kun mä olin neljä vee. Me oltiin Mummin luona keskikaupungilla serkkujen kanssa ja ylitettiin yhtä katua. Yks pieni keltanen auto antoi meille tietä ja me lähdettiin kadun yli. Mummi vaati, että me kiitetään sitä autoilijaa. Se huusi koko ajan, muistakaa kiittää, muistakaa kiittää! Mä tulin viimeisenä ja kun muut oli nätisti heiluttanut kättä, mä näytin keskisormea. Sit Mummi nyökkäili kauheesti sille kuskille ja yritti pyydellä anteeksi, vaikka se kuski vaan nauro. Kotona mä kerroin ton finkkujutun heti äiskälle ja mä itkin sitä kovasti, kun se kadutti ja hävetti mua. En mä voinu niille serkuille kertoo, kuinka se mua harmitti. Äiskä osas lohduttaa mua, se on muutenkin hirveen kiva ja ymmärtää kaikki mun jutut. Se osaa puhua kauniisti ja selittää asiat niin, että mäkin ymmärrän ne. Mutta kyllä mua harmittaa, kun tota finkkujuttua koko ajan kerrotaan hyvänä vitsinä vieläkin kaikille. Mummi varsinkin kertoo sitä ja nauraa kippurassa. Ei mun mielestä enää pitäis. Voisiksä sanoa niille, että tota ei enää kukaan saa kertoa.

Nyt tuntuu tosi hyvälle, meillä on avoin ja luottavainen kontakti. Niin mahtavaa, kun Ilmari kertoo itse solmuistaan. Puhuminen, puhuminen ja puhuminen, se on hyvän mielen avain. Toivottavasti jaksaa koko terapian. Hyvä tulisi! Tästä saa valtavasti työn iloa, tämän takia jaksaa. Taas syttyy intohimo terapiatyöhön, niin palkitsevaa! Juuri tällaiset pienet Ilmarit motivoivat heräämään aamuisin, toivottamaan uudet koululaiset tervetulleiksi istumaan liian isoon tuoliin ja kertomaan - mistä vain. Minä kyllä kuuntelen.

- Tottakai pyydän, että tuo juttu unohdetaan. Ymmärrän oikein hyvin, että sinua harmittaa, jos sinulle nauretaan vieläkin, vaikka tapahtumasta on jo monta vuotta. Mutta kuule Ilmari, tämä tapaaminen on ollut oikein hyvä. Kiitos sinulle, kun olet niin paljon kertonut asioista, jotka vaivaavat sinua ja mieltäsi. Me saadaan ihan varmasti sinun maailmaasi paljon kivoja muutoksia, kunhan jatketaan näitä juttutuokioita ja kohta keskustelen myös vanhempiesi kanssa. Sinun kanssasi on tosi kiva jutella. Ja sinusta tulee kohta varmasti paljon iloisempi, saat kavereitakin. Varmasti. Olet ihana ja fiksu poika Ilmari! Heippa ja ensi kertaan!
- Heippa Kirsi, säkin oot ihan kiva! Sä oot mun eka ihmiskaveri. ♣

JUHANNUSHÄÄT

- Kiva, kun soitit ja tervetuloa meille
  Juhannukseksi. Otapa samalla mukaan
  juhlamekko. Sitä tarvitaan ja paljon. Pääset
  samalla meidän häihin, jippii!
- Oi onneksi olkoon! Kenen häihin pääsen?
- No tietty Robertin ja minun häihin. Ne pidetään
  suomalaisittain Juhannuspäivänä täällä meidän
  Floridan kodissa, että tervetuloa vaan ihaniin
  juhliin.

Kaksi vuosikymmentä oli ehtinyt kulua siitä, kun Robert
oli innostunut opettamaan tennistä Hangossa. Oli siinä
ollut neitokaisilla ihmettelemistä, kun Omar Sharifin
näköinen ja oloinen, huipputreenattu Amerikan ihme oli
saapunut Suomeen tutustumaan kuulemansa mukaiseen
ihmeelliseen luontoon ja maahan. Matkailuesitteessä oli
luvattu puhdasta ilmaa, kymmeniä tuhansia kirkasvetisiä
järviä, yöttömiä öitä, huikean kauniita luonnon maisemia,
vapaata oikeutta onkia ja käyskennellä luonnossa, oikeutta
kerätä kukkia ja marjoja, sieniäkin mistä vain. Pihoille ei
saanut mennä, mutta muutoin kaukainen maa tuntui
luontoa rakastavasta ja siitä syvää huolta kantavasta

Robertista unelmalta. Kuulemma meren rannat erityisesti Hangossa olivat silmiä hivelevän kauniita, ja kun vielä maankuulu tenniskeskus tarvitsi valmentajia, oli suunta selvä. Hankoon!

Tenniskeskuksen puitteet eivät olleet ihan niin tiptop, mihin Robert oli Floridassa tottunut. Majoitukseksi hänelle osoitettiin vanhan puutalon yläkerroksen vinokattoinen ja vastamaalattu, vaalea huone, jonka vierestä muut talon asukkaat saivat sujuvasti pujotella omiin huoneisiinsa. Ehkä tähän tottuisi. Omakotitalon pihapiiri oli kukkea ja vihreä, upean avara, tuoksui onnelle.

Neitokaiset olivat Suomessa kauniita ja vapaamielisiä, vaaleita ja pitkäsäärisiä. Nauru raikui, ilo kiiri laineille. Ei tarvinnut kysellä vanhemmilta lupaa menoihin tai tuloihin. Myös tämä puoli Suomessa olisi Robertin mielestä sopinut hyvin matkailuesitteisiin. Pian häneltä unohtui vertailu entiseen floridalaiseen tennisvalmentajan elämään, missä harmaatukkaiset, vauraat eläkeläisrouvat pitkine punaisine kynsineen ihmettelivät tenniskehityksensä hitautta. Pallot suihkivat ohi, vaikka he kuinka lyllersivät niiden perään. Ei niille taidoille Robert mitään voinut.

Toista oli Suomessa, nautintoa ja riemua aamusta iltaan. Tenniskentillä vilisi lyhythameisia, sujuvaa englantia puhuvia iloisia ja reippaita kaunottaria. Hyväntahtoinen, hyvänahkainen ja tarmokas Robert tunsi olevansa supersuosittu, ja hänen opettajan taitojaan kiiteltiin ja arvostettiin yli ikärajojen.

Ei tietenkään ihme, että siinä sivussa syntyi muutama romanssi. Olosuhteet olivat otolliset, tunnelma pursui testosteronia, kaikki sopi kaikille eivätkä erot olleet traagiset. Kesäromanssit tuntuivat kuuluvan suomalaiseen elämänmenoon. Heippa vaan, hymyillään kun tavataan!

Kunnes jysähti. Robert kohtasi Lydian. Ja Lydia kohtasi Robertin. Se oli rakkautta ensi silmäniskulla, sen tiesivät ja tunsivat molemmat. Siinä pysähtyi pallo verkkoon, kiinni jäi eikä repimälläkään lähtenyt irti. Sielujen lämpöä, ruusujen tuoksua, syreenien sinerrystä. Romantiikkaa kesäyöt tulvillaan meren loppumattomilla, lämpöisillä rantakallioilla, kangasmetsissä ja hiekkarannoilla. Merituulen suolaista tuoksua. Vahva graniittipohja vuosisadan rakkaustarinalle, kestävälle tunteelle, jota mannerten välinen etäisyys ei voinut nujertaa.

Elämä kuljetti muuallakin eteenpäin, Robertin kihlat floridalaisen Sophian kanssa pysyivät voimassa ja vaativat veronsa. Vauraat suvut olivat päättäneet sulautua ja yhdistää voimansa mahtipontisissa häissä. Samalla, kun Robert loisti tennisvalmentajana Hangossa, olivat kihlaparin äidit ahkeroineet ja ratkaisseet häiden pikkutarkat yksityiskohdat, lautasliinojen kirjailut, vieraiden lahjapussukoiden pitsikoristeet, kukituksen väriskaalat, samppanjan vuosikerrat, kaviaarin maahantuonnin, jääpatsaiden figuurit.

Muutoksen mahdottomuus ahdisti, poltti Robertin sydäntä. Kulttuuriero korvensi. Lydia saisi odottaa, niin vakuutti Robert vakaasti ja aidosti. Robert löytäisi ratkaisun. Sillä välin oli paras ja huomaamattomin tapa sinetöidä tunteet kirjeisiin.

Merten yli lentelivät kirjekyyhkyt tiuhaan Floridan ja Hangon väliä, veivät lämpimiä tunteita sydämestä sydämeen. Lydian vaaleanpunainen kenkälaatikko täyttyi säännöllisistä, tunteikkaista ja rohkaisevista kirjeistä. Lydia ei saisi unohtaa Robertia, vielä oli paljon elämää elettävänä. Jotenkin kaikki järjestyisi, Robert saisi tahtonsa läpi.

Mutta elämä vei. Eteenpäin ja eteenpäin. Vuosia.

Lydia eli odotuksessa, solmi keveitä suhteita, kaipasi Robertia, tapaili ystäviä, tunsi joskus lämpöä ja intohimon hipaisuja. Lydian elämä kasvoi pikkupojalla, hänelle syntyi ihana Leo. Isä oli hyvä suomalainen ystävä, ei enempää eikä vähempää. Huolehti Lydiasta ja Leosta hipaisuperiaatteella, joulut ja syntymäpäivät muisti, vei välillä Linnanmäelle ja Ylläkselle laskettelemaan, ei vaivannut kiintymyksellä eikä tunnekuohuilla, ei vaatimuksilla eikä velvollisuuksilla. Osti aikanaan Leolle ylioppilaslakin ja antoi reippaasti rahaa opintojen alkua varten.

Lydian suosittelemat ja välittämät suomalaiset, ahkerat ja kiltit au pair -neitokaiset hoitivat Robertin perheen äveriästä kotia ja taloutta Lydian suorittaessa edustustehtäviään ja osallistuessa hyväntekeväisyystapahtumiin. Samalla au pairit veivät raikkaita tuulahduksia kauniista kotimaastaan amerikkalaisten ihmeteltäviksi. Ei Suomessa aamiaista syöty ravintoloissa, ei kaikkea rahalla hoidettu, oli ilmainen koulutus, kohtuullinen sosiaaliturva ja järkevän hintainen terveydenhuolto, oli puhdas ilmasto ja juomakelpoinen puhdas kraanavesi, oli onnellinen kansa. Robertin vaimo Sophia halusi nähdä ja kokea tämän ihmemaan. Se sopi hyvin Robertille, upeaan Hankoon nuoruusvuosia muistelemaan.

Robert esitteli Sophialle Lydian, piilossa pitämänsä rakkaan. Asuivat tämän huolella kunnostetussa ja laadukkaassa omakotitalossa meren tuntumassa, Hangon Itäsatamassa. Lydia emännöi, ystävystyi ja kärsi. Muutaman yhteisen hetken saivat rakastavaiset Lydia ja Robert anastetuksi silloin tällöin. Piiloon. Oppivat oveliksi.

Vuosien varrella tunteet juurtuivat kuin käkkärämännyt ja kurtturuusut meren rannalla Hangossa. Lydia ja Robert uskoivat onnelliseen tulevaisuuteen.

Muutaman vuoden kuluttua huoli Sophian terveydestä alkoi täyttää Robertin kirjeet. Jotain merkillistä, jotain kallista, paljon tutkittavaa, jotain pahaa oli kehittymässä.

- Kunpa olisimme Suomessa, tutkimukset olisivat kehittyneempiä ja kohtuullisen hintaisia, valitti Robert Lydialle.

Epätietoisuus ja mielikuvitus saivat vallan, aikaa kului. Sitkeiden seurantojen ja tutkimusten jälkeen vatsan kivuliaat ongelmat selvisivät. Ei parannuskeinoa, nopea ja kohtalokas kasvain. Sophia taisteli, joutui antautumaan. Lydialle kirjeissä muutama kuva hautajaisista, valtavasti saattoväkeä, surun ahdistamia lähiomaisia, tyköistuvia korkealaatuisia suruasuja, leveälierisiä tyylikkäitä hattuja eleganteilla kutreilla, kimaltelevia kyyneleitä ja säihkyviä timantteja.

Lydia suri tavallaan, suri Robertin surua. Antoi suruajan kulua.

- Aika täyttää aukot, paikkaa haavat ja arpeuttaa viillot. Mutta sitten…, mietti Lydia.
-

Maailmanlaajuisen pandemian aikana asunto- ja kiinteistökauppa kävi Hangossa paniikinomaisissa, kuumissa tunnelmissa. Kaikki meni kaupan, ei tarvittu asuntonäyttöjä, osoitteena Hanko riitti. Heti pääsi Lydia eroon upeasta omakotitalostaan, lentolippu Floridaan ja paljon vielä jäi kauppahinnasta taaloja nautittavaksi yhteisessä elämässä Robertin kanssa. Juhannukseksi peltilinnun siivin valtameren tuolle puolen. Kaikki valmiina, uusi elämä, pitkän odotuksen palkinto valmiina auringon nousussa. Leo yritti vastustella muuttoa valtameren taakse, mutta Lydian mieli oli järkähtämätön. Olisi aika palkita odotus.

- Siis sorry vaan, ketkä siellä nyt Juhannuksena vihitään? ihmetteli Lydia puhelussa.

- No tietysti Robert ja minä, Elisabeth. Minut sinä hommasit tänne au pairiksi monta vuotta sitten ja siitä meidän romanssi on alkanut. Kaikki nämä vajaa neljä vuotta meillä on ollut suhde, kiihkeä ja valtavan ihana. Ja kun vihdoin Sophia pääsi tuonpuoleiseen, me voidaan virallistaa meidän liitto. En ole tästä voinut edes sinulle kertoa, että varmasti pysyy salassa. Mutta nyt saa tästä avoimesti puhua ja näyttää kaikki tunteet, vihdoinkin. Ja Juhannushäät. Niin että tervetuloa vaan!
- Kuule Elisabeth, oikeastaan minun piti soittaa siitä, että en valitettavasti pääse Juhannukseksi teille. Kovasti onnea molemmille ja terveiset Robertille. Kerro, että muistan häntä usein, lämmöllä.

Pandemian jälkeen hintataso oli Hangossa palautunut ennalleen, matalalle tasolleen. Lydiaa onnisti, hän sai aloittaa uuden, raikkaan luvun elämässään kauniissa ja korkealuokkaisessa kodissaan Kuningattarenvuoren laadukkaassa ja huolettomassa kerrostalossa rauhoittavan meren rannalla. Suomessa, kotimaassaan. ♣

SAARISELÄN HYVÄT TEOT

-    Aina piti tarkasti piilottaa lastenvaunut, ettei
     kukaan - ei ainakaan Pera - näe missä me Vilin
     kanssa ollaan. Meidän piti olla päivittäisellä
     pitkällä kärrylenkillä. Ei oltu, muisteli Liisa. Hän
     ihmetteli vieläkin, miten kaikki oli päässyt
     tapahtumaan. Hän oli lomaillut kuin transsissa.

Liisa ja Saga, parhaat ystävykset tähyilivät kirkastuvalle
taivaalle. Sagalla keltaiset Tokmannilta ostetut
kumisaappaat, Marimekon mustavalkoraidallinen
sadetakki ja keltainen pipo. Liisalla paksupohjaiset
Adidaksen lenkkarit, tummanruskea parkatakki ja Niken
vaaleansininen lippis. Sade oli tauonnut, taisi olla siltä
päivältä loppunut. Vettä tiputteli hiljalleen
hevoskastanjoiden lehdiltä. Hiekkalaatikon reunalla
keskikaupungilla oli nyt raikas ja leppoisa istuskella,
muistella Lapin aurinkoista kevättä. Vili, nyt reilu 3-
vuotias, leikki hyräillen sinisellä muoviautolla. Saman
ikäinen Satu yritti saada hiekkakakkua pysymään kasassa.

Lippiksen alta pääsivät valloilleen Liisan pitkät vaaleat, lämpökiharretut hiukset muistelemaan vajaan kolmen vuoden takaista keväistä lomaa Saariselällä. Saga riisui piponsa isoon kantokassiin vaippojen, välipalojen, varalapasten ja -sukkien sekaan, lisäsi huulikiiltoa ja yritti saada tolkkua Liisan muisteluista.

- Ettekö te jääneet kertaakaan kiinni? ihmetteli Saga.
- No melkein, huh! Ensimmäisenä päivänä Pera kertoi hiihtäneensä rivitalon taustalle parkkeerattujen lastenvaunujen ohi ja ihmetteli, miten jännä sattuma saattoi sattua Saariselällä. Kahdet ihan saman väriset ja -näköiset, harvinaisen hinnakkaat lastenvaunut. Siinä meinasi osua tuttipullo Viliä korvaan, paha paikka. Muistan tokaisseeni sujuvasti, että elämä on selittämättömiä sattumia täynnä. Ei Pera enää palannut asiaan, onneksi. Sen jälkeen oli pakko nostaa lastenvaunut tosi ahtaaseen rappukäytävään, vaikka se oli oikeastaan ankarasti kiellettyä, selosti Liisa vähän nolona.
-

Runsaan parin vuoden jälkeen hän uskaltautui vihdoin avaamaan muistoja, jotka hänestäkin myöhemmin ajateltuina tuntuivat uskomattomille. Hävetti ja hymyilytti yhtaikaa.

Vilin synnyttyä usean vuoden yrittämisen jälkeen Liisalle oli puhjennut ikävä synnytysmasennus. Itketti, ahdisti, pelotti, oli vetämätön olo. Imetys sujui jollain lailla, mutta muutoin piti vaan pötkötellä Vilin vieressä. Lapsi tuntui vieraalle, oudolle, kaukaiselle. Ei tuosta nyytistä koskaan voisi kasvaa pikkuista hoipertelevaa päiväkotimukulaa, ei koulunkäyntiä aloittavaa eskarilaista, ei isoa ihmistä. Ei ainakaan Liisan hoivissa, pelko oli konkreettinen.

- Silloin tosiaan tuntui, että ainakaan tätä elämää en ollut toivonut. Kaikki oli niin ahdistavaa, ei tästä tulisi mitään. Ja toisaalta pelkäsin koko ajan Vilin kuolevan. Kätkytkuolemia ei voi ehkäistä, onnettomuuksia sattuu. Paniikinomaisesti pidin Viliä aina selällään, ettei vaan mitään tapahtuisi. En oikein uskaltanut nukkuakaan. Väsytti kamalasti, muttei nukuttanut. Olin Peralle tosi äreä ja ilkeä. Olin varma, ettei hän jaksa kuunnella vauvan itkua ja kitinää. Pera osaa olla aika kärsimätön, pohdiskeli Liisa ja väänteli käsineitään ristiin rastiin.
- Sitä masennustako te sitten lähditte Saariselälle hoitamaan? kyseli Saga.
- Kyllä se taisi olla yksi syy, mutta myös Pera koki itsensä rasittuneeksi. Halusi pois vauvan kakan hajusta. Kauniille aurinkohangille teki mieli hiihtämään Rumakurua ja Kiilopäätä, ehkä myös nauttimaan pari olutta viattomien monotanssien soidessa taustalla. Simo Silmu oli niihin aikoihin kova sana hiihtäjien keskuudessa. Minäkin kyllä tykkään hänestä, neuloo villasukkia. Hauskaa.

- Muistan ihan selvästi, että tulit tosi
  rentoutuneena ja hyväntuulisena pois Lapin
  lomalta. Ei ollut masennusta eikä ahdistusta enää
  tippaakaan. Me tavattiin usein siihen aikaan, kun
  asuttiin ihan lähekkäin ja nää mukulatkin on
  melkein saman ikäisiä.
- Joo, niinhän se oli. Törmäsin hurmuri Eskoon jo
  lentokoneessa, jonotettiin peräkkäin vessaan. Se
  oli niin söpön näköinen, et voi uskoa. Ihan kuin
  kouluissa jaettava hymypoika, sillä oli
  hymykuopat ja kaikki. Oli niin viattoman
  näköinen, kuin pikkupoika. Jo siinä se vihjasi,
  että olisipa kiva tavata kahden kesken perillä tai
  vaikka nytkin koneessa. Kaikki tuntui ihan
  epätodelliselta. Se tunne, kun joku kiinnitti
  huomion just tissimaitoa imettäneeseen emoon,
  ehdotti selvästi seikkailua ja oli vielä itse kuin
  mansikkaleivos. Apua, kymppikerroksen seksiä
  tuntemattoman kanssako. Muistat varmaan
  Emmanuel-leffassa junaseksiä vieraan, tumman
  miehen kanssa. Tuntui uskomattomalle, ehkä
  oma mielikuvitus lensi korkeammalla kuin
  lentokone, hämmästeli Liisa nyt, parin vuoden
  jälkeen.

Liisan silmiin syttyi iloinen, kaukainen pilke, kuului
mietiskelevää hyräilyä, käteen osui katkennut risu.
Hiekkaan piirtyi nimi Esko, raapustettuna tikkukirjaimin.
Iso sydän perään.

Lentokoneessa Esko oli sujauttanut käyntikorttinsa Liisalle. Jos vaikka tärppäisi. Jos Liisa kuitenkin uskaltaisi. Jos Liisa jotenkin saisi hommat järjestymään. Oli Perakin jutellut lentokoneessa Eskon kanssa, oli pitänyt häntä hauskana ja rentona tyyppinä. Löytänyt hiukan yhteistä muisteltavaa armeija-ajan kokemuksista. Muutoin ei heillä ollut yhteistä, Pera oli kouluttautunut insinööriksi ja Esko jatkanut perheyritystä puutarha-alalla.

- Usko tai älä, Esko vakuutteli olevansa hyväntekijä. Hän uskoi vakaasti karmaan, hyvät teot palkitaan seuraavassa elämässä. Hyviä tekoja piti tehdä paljon, jotta palkintokin olisi suuri. Hyviä tekoja oli nimenomaan seksuaalisen nautinnon tuottaminen muille - ja vähän vissiin itsellekin siinä sivussa. Siihen hän oli keskittynyt, ei sitä saanut paheksua eikä moralisoida. Päinvastoin. Piti ymmärtää syvällisemmin seksuaalisen nautinnon autuas luonne, sen tuoma onni ja seuraavassa elämässä saavutettava palkinto. Jotenkin Esko sai minutkin uskomaan, että seksi oli hyvä teko, seuraavassa elämässä molemmat oltaisi parempia ihmisiä eikä toivottavasti mitään torakan tättiläisiä, naureskeli Liisa pilkallisesti itselleen ja puheilleen.
- Ei herran jestas, noi jututhan on ihan ufoja. Ne on jo kuultu…, parkaisi Saga, jonka suu jäi auki, silmät selälleen, unohtui hengitys, muistoja oli pakko kaivaa syövereistä. Kaukaa opiskeluajoilta.

Yhteydenpito oli Saariselällä sujunut huomaamattomasti Liisan kännykällä, Peran silmien alla mutta näkymättömissä. Ei Pera muutenkaan ollut kiinnittänyt huomiota Liisan viestittelyyn. Lueskeli koko ajan kännykkäuutisia ja viestitteli omiaan.

- Minun oli tietysti pakko aina ottaa Vili mukaan, vaunuissa ja korviin asti maidolla syötettynä. Raikas pohjoinen ilma nukutti poikaa poikkeuksellisen hyvin, hän nukkui tuolla ihan eri tavalla kuin kotona. Kun me rakasteltiin Eskon sviitissä täysin rinnoin joka päivä Peran hiihtolenkin aikana, Vili ei herännyt kertaakaan. Nukkui kopassaan onnellisena ja maitoa pullollaan olohuoneen pöydällä. Sananmukaisesti ja monimielisesti me rakasteltiin täysin rinnoin, juupa juu, naureskeli Liisa nolona.

-

Hiekkalaatikolla tuli keskeytyksiä muisteluihin vähän väliä. Piti niistää räkää Vilin nenästä, antaa Sadulle välipalaa, lohduttaa hiekkakakun rikkoutumisesta, auton joutumisesta vääriin käsiin, piti vaihtaa lapasia ja sukkia märkien tilalle. Silloin tällöin piti itse ottaa lämmikettä Liisan taskumatista, ihan vähän vaan, verenkiertoa varten.

- Esko oli todella rehellinen ja avoin, kertoi vaimosta ja lapsista. Mutta ne hyvät teot vaativat ponnisteluja joka päivä. Ei voinut laiskotella lomallakaan, ja sille me naurettiin makeasti usein yhdessä. Se oli yksinkertaisesti ihanaa. Niin kauan kuin sitä kesti, koko sen viikon. Urheilullisena ja erityisesti kovana hiihtäjänä Esko aloitti päivänsä aina varhaisella tehokkaalla hiihtolenkillä, aikaiset aamut olivat kuulemma niin upeat. Suihku, pari kaljaa Liisaa ja Viliä odotellessa, sitten hyviä tekoja - ja paljon. Koskaan iltaisin me ei tavattu, kun tietysti Vili nukkui päivät ja yöt läpeensä, niinhän muutaman kuukauden ikäiset vauvat tekee, muisteli Liisa.

-

Saga alkoi muistaa, unohduksen syvä suo raotti hiukan löyhkäänsä. Haisi pahalle.

- Nyt minulla alkaa kellot kilkattaa. Kunpa muistaisin, mutta joku tyyppi nuoruudessa on puhunut jotain vastaavaa shittiä, pohdiskeli Saga suu mutrussa.
- Kun me sitten palattiin Saariselältä, oli masennus tiessään. Olin kuin toinen ihminen, mut oli pantu oikein hyvään kuntoon. On mulla pari kivaa valokuvaakin Eskosta, mutta tietysti hän on niissä ihan muussa seurassa. Salaa otin ja olen niitä silloin tällöin katsellut. Ja muistellut parin vuoden takaista hurjaa nuoruuttani, naureskeli Liisa ja alkoi selailla kännykän järkyttävää valokuvamäärää.
- Näytäpä niitä kuvia, kun tämä kaikki tuntuu aika tutulle, pyysi Saga.

Pieni kuvien selailu vuosien taakse, muistot vilistivät
Liisan silmissä ja mielessä. Lapin hurjan loman jälkeen
oma koti oli tuntunut turvalliselle ja ihanalle, rauhaisa
perhe-elämä alkoi sujua hyvin, todella hyvin ja
onnellisesti. Puhelimessa olikin iloisia perhevalokuvia
paljon, tosi paljon. Liisa ja Pera sylikkäin, suukottamassa,
halaamassa, onni silmissä ja suussa. Kotona ja matkoilla,
ulkona ja sisällä, sateessa ja auringonpaisteessa. Vili
vierellä, iloinen ja veikeä pikkunassikka kaiken
keskipisteenä.

- Kuule perhana vieköön, minähän tiedän tämän
  kaverin näissä valokuvissa, Eskoko se oli. Ihan
  varmasti tiedän. On kyllä vanhentunut niistä
  ajoista, kun meillä oli lyhyt seksisuhde kauan
  sitten opiskeluaikanani. Mutta on ikääntynyt
  oikein tyylikkäästi, charmantti edelleen. Lapissa
  oli meidänkin suhde, hiihtojen lomassa, moni ilta
  ja alkuyö oltiin yhdessä. Jo silloin hän jutteli
  karmasta, sielunvaelluksesta, hyvistä teoista,
  niiden välttämättömyydestä, pakollisuudesta ja
  palkinnosta. Ihan ihme juttuja. En minä niitä
  ottanut todesta, en ollenkaan. Seksi oli
  sananmukaisesti hyvin tyydyttävää, ihanaa.
  Tiedettiin, että loman jälkeen ei jää kuin tippuri
  jäljelle, vai kuinka ne teekkarit pruukaa sanoa.
  Silloin hän kehuskeli, että hänellä on erikseen
  päiväpano ja iltapano. Samanlaisia häiskiä oli
  siellä Lapissa lomilla kuulemma useita. Aika
  reipas oli Esko puheissaan, muisteli Saga
  opiskeluaikojensa Lapin lomaa.

- Herran jestas, en kai minä ollut se päiväpano? kyseli Liisa kauhuissaan.
- Et todellakaan. Silloin vielä Vili oli taivaan isän taskussa, visusti olikin. Etkä edes tuntenut Peraa.
- Tämä on kyllä aika legendaarista, että me molemmat ollaan oltu Lapissa saman hyväntekijän kanssa. Parannettu maailmaa seksillä, hyväntekijöitä muka, tulevan elämän palkinnon odotuksessa. Välissä ollut vuosia vaikka kuinka monta. Uskomatonta. Totuus on kyllä aina tarua ihmeellisempää. Ja tässä hiekkalaatikon reunalla vaan istutaan ja muistellaan samaa Eskoa, sielunvaelluksen suurta julistajaa ja hyväntekijää. Hyväähän se totisesti teki, eikö vaan, naureskeli Liisa.
- Joo, hyvää teki. Oliskohan joku lehti kiinnostunut tämmöisestä ilmiöstä. Ei siis meistä vaan siitä, että Lapissa on hurmureita, joilla on tyylinä - ja onnena - pitää erikseen päiväpano ja iltapano. Vai kääntyisikö tämä naisia vastaan, miksi naiset suostuu ja haluaa tämmöistä. Voisin ottaa selvää, nimettöminä tietysti, pohdiskeli tiedotusalalla työskentelevä Saga.

Ei ollut mikään lehti kiinnostunut. Seiska olisi repäissyt ison jutun, jos Liisa ja Saga olisivat suostuneet tulemaan nimillään ja kuvillaan julkisuuteen. Mutta ei, omat muistot saivat riittää - ja merkitsevät katseet joskus yhteisissä juhlissa. Kun tuli puheeksi hyväntekeväisyys.

ÄIDIN HAUDALLA EN KÄY

Lempeä lämpö, aikainen kuulas aamu, laineiden liplatus, uuden päivän onnellinen odotus. Järven veden läpinäkyvä kauneus, pikkukalat puikkelehtimassa sinne tänne, kivet pohjassa miljoonissa eri väreissä, koivun varpujen vihreys ja vehreys, kuikan huilumainen ujellus, toisen kuikan vastaus. Ilman puhtaus, hengityksen keveys, vapaus. Taivaan sini. Miltei sietämätön onnen tunne, joka solussa kihelmöi mittaamaton hyvä olo. Espoo, Pitkäjärvi ja perinteet.

Jostain hälytysajoneuvon lähestyvä ääni, sekin merkki turvasta. Yhteiskunta toimii, huolehditaan, hädässä olevia autetaan, kadonneita etsitään ja löydetään, tulipaloja sammutetaan. Pelkääviä rohkaistaan, viedään turvaan. Surijoita lohdutetaan, ohjataan tuen pariin. Auttajat liikkeellä, tehokkaat, asiansa osaajat. Ei aina onnistu pelastus, loppuu aika.

Kohta tulevat ystävät. Mökille, jossa nuorena, muutama vuosikymmen sitten on vietetty monet varttumisen ajat, kasvun viikonloput ja luottamuksen lomailut. Maisteltu Omppuviinit, näytelty humaltuneita, uskottu salaisimmat salaisuudet. Parannettu maailmaa ja toinen toisia. Opeteltu jalommiksi ja suvaitsevaisemmiksi. Yhteiset koulut käyty. Nyt ruuhkavuosien vieroittamat, mutta aina yhtä läheiset. Helena, Sirkka, Marja ja Riitta, vakaa neliö, kolmio, ympyrä, sydän. Mikä kuvio vaan, mitä milloinkin tarvitaan.

Herkkuja ja kuohuvaa varattu runsaasti, riittävästi. Valkkariakin. Tarkoitus nostaa jalat pöydälle ja relata, saunoa ja uida, huokaista ja kerätä voimia takkatulen ääressä. Muistella, mitä vaan muistaa, kaikkea yhteistä mukavaa. Sijaa ei ole arvostelulle, ei syytäkään.

- Kippis, rakkaat ja sydämellisesti tervetuloa. Turha sanoakaan, kuinka paljon tätä on odotettu, mutta sanonpahan kumminkin. Älyttömän paljon siis on todellakin odotettu, niin että nyt nautitaan koko sielulla ja sydämellä. Ollaan onnellisia, toivotti Helena, mökin perinyt talon tytär.
- Kiitti kovasti, ihana olla taas täällä. Hyvä me, siamilaiset neloset ja kippis. Muistoja joka huone ja nurkka täynnä. Taisi joltain mennä siinä sivussa neitsyys, ainakin minulta meni. Tuossa sinun huoneesi sängyssä. Oli kyllä vaivainen ja vaatimaton kokemus. Ajattelin, että onpas paljon melua tyhjästä. Onneksi olen myöhemmin tullut toisiin tuuminkeihin. Välillä on tuntunut, että on Linnanmäen vuoristoradassa. Ihanaa se osaa olla, naureskeli Marja, jolla oli ollut aina tapana puhua asiat halki ja poikki. Näin sai jatkua edelleen, täysi luottamus.

Olivat kaikki äidittömiä, puoliorpoja. Hiukan herättivät
naureskelua dramaattinen termi, mutta tosi oli. Äidit
olivat nukkuneet pois, kukin omalla tavallaan, kaikki
omalla ajallaan, omalla vuorollaan. Niin erilaiset äidit,
samassa roolissa, nyt pilvien päällä. Ehkä vierekkäin, ehkä
ei. Hyvää tarkoittivat, paljon osasivat - eivät kuitenkaan
kaikkea.

- Sauna on jo lämpiämässä, koivun tuoksuiset
  vihdat itse tehty, saunaoluet kaivossa ja makkarat
  rivissä käristystä odottamassa, selosti Helena.
  Touhukas tyttö kuten aina.
- Hei, muistatteko yhden kerran, kun meinattiin
  polttaa sauna. Savua täynnä oli koko mökki,
  juostiin ilkosilla edestakaisin järven ja saunan
  väliä ja kannettiin vettä. Oli siinä naapureilla
  kauniit ja vekkulit näkymät, muisteli Sirkka.
- Juu, ainakin kiuas siinä tohinassa sammui, vettä
  sai niskaansa litrakaupalla. Oliko tuli edes
  muualle levinnytkään, en muista. Mutta kaikki
  ämpärit ja vadit saatiin jynssätä savusta. Ja koko
  ajan hoettiin, että miten tämä nyt äidille
  selitetään, naureskeli Riitta.

Tyhjentyi ensimmäinen skumppa, toinenkin. Päivän
polttavat asiat käsitelty, ruuhkavuodet ihmetelty ja
voivoteltu, hyvin selvitetty ja selvitty. Paljon puhetta,
kaikki äänessä, mökki täynnä rentoa ja riemullista
rupattelua, mukavia muistoja. Välillä
henkilökohtaisuuksia, äänet madaltuneet alemmaksi,

kaikki kuuntelemassa, kuulemassa, keskittymässä,
auttamassa. Löydetty ratkaisuja, lohdutusta, hopeisia
pilven reunuksia tummalla taivaalla. Mielet keventyneet.
Kaikilla ollut enemmän tai vähemmän ongelmia äidin
kanssa, yleensä enemmän. Olivatko äidit olleet liian
vaativia, topakoita, jyrkkiä omissa mielipiteissään vai
turhan tungettelevia. Mahdottomia odotuksia ja toiveita
vai omien täyttymättömien unelmien etsimistä. Vaikea
löytää selityksiä. Eikä enää mitään väliä. Kuolema
sovittanut suurimman osan, ei kaikkea.

- Nyt on sauna valmis. Ihana tuoksukin, vihdat
  liossa, koetti Helena hoputtaa.
- Ja sitten uimaan! On se vesi vielä vähän
  kirpakkaa näin aikaisin keväällä, mutta mehän
  ollaan aina haluttu laajentaa mukavuusalueita. Ja
  hei, senhän takia me ollaan erinomaisia, eikös
  vaan, naureskeli Marja.

Turha tokaisu, alkuillan tunnelmissa kaikki olivat asiasta
yhtä mieltä - ja muulloinkin. Kavereiden vika, jos itse
joutui itseään kehumaan. Mutta se ei ollut ongelma tässä
seurassa, aina löytyi toisista hyvää, erinomaista, paljonkin.
Oli turvallinen, hyvä yhdessäolon tunne eikä siihen ollut
vuosien varrella tullut notkelmia.

Raukeus perusteellisen saunomisen jälkeen, sielu ja
ruumis puhdistuneina. Ei unohdettu rapeakuorisia,
tummiksi käristettyjä makkaroita eikä kaivon kylmettämiä
saunaoluita. Terassi kutsui. Tyyni järvenselkä, taivaan

kirkas sinisyys veden pinnalla, vilkutukset ohi soutaville mökkinaapureille, koivun lehtien hentoinen havina. Suomalainen kesäilta, ei löydy leppoisampaa oloa ja eloa maailman miltään kolkalta.

- Tottakai muistatte sen meidän Täktomin pikkumökin. Siellä Hangon kupeessahan me monet lomat vietettiin. Ahdasta ja kylmää oli. Nukuttiin lattialla vierekkäin, kiherrettiin yöt läpeensä. Ei kaivattu mitään lisää, ei edes peittoja, vaikka taidettiin vähän palella, muisteli Marja ilme peruslukemilla.
- Juu, hyvin muistetaan. Aina menomatkalla jännitettiin, oliko se mökki vielä edes pystyssä, olihan se tosi huonokuntoinen. Mutta ranta oli aivan upea ja ah, se sijainti, ihasteli Riitta vieläkin silmät kiinni kuin kaukaista näkymää hapuillen.
- Onko se nyt vihdoinkin sinun? Eikös sun äiti luvannut sen mökin sinulle Marja? kyseli Helena uteliaana.
- Joo, ei siinä sitten niin käynytkään. Äiti oli välillä ailahtelevainen, spontaani ja äkkipikainen. Ei oikeastaan kovin luotettava. Kerran se oli ihan yllättäen jutellut Sakulle, siis sille mun pikkuveljelle, että halusi päästä eroon mökistä, kun se oli niin surkeassa kunnossa. Kaatumaisillaan, kaikenlaista vaivaa ja kustannuksia siitä oli. Muistattehan hyvin Sakun. Kerran juotettiin sille punkkua, kun se hyppi pöydällä eikä suostunut menemään nukkumaan. Se oli silloin jotain viis vee ja kyllä se sitten

nukahti nopeasti. Mutta palaan vielä siihen
kauppa-asiaan. Saku oli heti tarttunut tilaisuuteen
ja sanonut äidille, että sano vaan hinta, niin hän
ostaa koko höskän. Äiti oli läväyttänyt jonkun
pilkkahinnan, ja ne oli lyöny heti kättä päälle.
Saku oli hoitanut paperiasiat ja hänen kaverinsa,
kaupanvahvistaja, oli sinetöinyt kaupan saman
tien, kertoi Marja itku silmissä, vieläkin.

- Hyvänen aika, muistan että mökki oli
varmuudella sinulle luvattu, kun hoidit kaikki
äitisi asiat. Veljesi taisi asua pitkään ulkomailla
eikä ollut yhtään kiinnostunut Suomen asioista,
taivasteli Sirkka, joka kaatoi kaikille lisää viiniä.
Nyt sitä tarvittiin.

- Niinpä, ei äiti enää muistanut mitään lupauksia,
kun lempipoika sattui poikkeamaan Suomessa ja
tarjosi rahaa. Kävi vielä sillai, että kun äiti oli
sanonut, ettei sillä kauppahinnalla mitään kiirettä
ole, niin maksamatta se taisi jäädä. Ainakin äiti
myöhemmin niin vihjasi. Mutta hän oli toisinaan
aika ilkeämielinen - varsinkin takanapäin,
pohdiskeli Marja täysi viinilasi kädessä.

- Eikös tuota olisi voinut huomioida ja selvittää
perinnönjaossa? Ja mitä Saku edes teki sillä
mökillä? halusi Helena tietää, harmissaan oli.

- No, en siinä jaossa viitsinyt ruveta epäilemään
ikivanhoja asioita. Vanhentuneita taisivat olla lain
mukaan. Saku ajatteli varmaan, että sijainti,
sijainti ja sijainti. Mökki meni heti maan tasalle ja
tontti myyntiin. Silloin oli hinnat huipussaan

erityisesti Hangon seutuvilla, ja Saku pääsi laskemaan rahoja nopsasti. Toivottavasti oli tyytyväinen. Eipä ole enää paljoa oltu yhteyksissä. En voinut koskaan antaa äidille anteeksi. Enkä käy äidin haudalla! Hassu kosto, eikä äiti vissiin tiedä siitä mitään. Eipä oo järin fiksua, ei, arvosteli Marja omaa käytöstään.

- Olipa ikävä kuulla. Iso vääryys. Harmi, olihan se huikean ihana merenrantapaikka, muisteli Riitta.
- Otetaanpas taas, rakkaat ystävät. Kippis! tokaisi Helena yrittäen nostaa tunnelmaa.

Mietteet ja muistot saivat siivet alleen, kaikki olivat kokeneet epäoikeudenmukaisuutta, epäreiluutta. Kaikilla myös selvät muistikuvat tilanteista, vaikka helpompaa olisi ollut unohdus. Toiset kuulemma osasivat sen taidon vai oliko ehkä syynä huono muisti.

- Mulla on vähän vastaava, anteeksi antamiseen liittyvä muisto. Yksi hyvä ystäväni yritti vuosia sitten iskeä Heikin, mun miehen. Parikin kertaa ja mun läsnäollessa. Hän on sitten jälkeenpäin vakuuttanut, ettei hän tosissaan ollut ja että hyvien ystävien täytyy ymmärtää ja antaa anteeksi. Pitää unohtaa ja jatkaa ystävyyttä ilman ongelmia. Näin me on sivistyneesti ja muodollisesti kyllä sovittukin hänen kanssaan, mutta joka kerta meidän tavatessa muistan kaiken. Hyvin muistan. Oikeastaan en ole antanut anteeksi ollenkaan. Pinnallista sopiminen ollut. Kun kerroin siitä äidille, hän vaan tokaisi, että sitä saa mitä tilaa. Heikki oli hänen mielestään sellainen vilpertti, että ei ollut ihmekään, jos joku yritti hänet iskeä. Ei Heikki mikään vilpertti ollut, äiti oli vain halunnut loukata, muisteli Helena.

-    Sama täällä. Vaikea antaa ihan oikeasti anteeksi, pinnallisesti kyllä. Kun nyt puhutaan äideistä, niin mulle muistuu mieleen yks maailman pienin juttu. Mulle kävi kerran niin, että sain semmoisen keskellä yötä kirjoitetun viestin, jossa äiti syytti mua yhden hienon synttärijuhlan peruuntumisesta Klippanilla. Se ei oikeastaan johtunut edes kenenkään syystä, vaan syntymäpäiväsankarin kohdalle sattuneesta suru-uutisesta. Hänellä ei ollut voimia järjestää juhlaa loppuun. Äidin mielestä olisi pitänyt jaksaa ja voimistua, jatkaa omaa elämää ja unohtaa suru juhlissa. Hän oli ostanut kauniin kesämekonkin. Jostain kummasta syystä hän vielä syytti minua, en kuulemma ollut riittävästi rohkaissut porukkaa juhlimaan. Piti pitkään mykkäkoulua. En ole päässyt pahasta mielestä eroon, tuntuu vieläkin väärälle, tunnusti Sirkka hieman häpeissään mokomasta pikkujutusta.

Ilta jo hämärsi järven pinnan ja lähimetsät, viilensi ilman. Tyhjät viinipullot somassa rivistössä. Ystävättäret tottuneita viinin maistelijoita ja nautiskelijoita. Pakko siirtyä sisälle lämpimästi ritisevän takkatulen ääreen. Puhe kääntyi taas aiheeseen, oliko aitoa anteeksi antamista olemassakaan. Saattoiko loukkaukset, pettämisen, vääryyden todella siirtää olemattomiin. Paljon epäröintiä, paljon epäuskoa. Ehkä joku voi, kaikki eivät kuitenkaan, vaikka siltä näyttää. Pokka pitää.

- Hei, muistetaan tässä takkatulen ääressä ja viinien huumassa, että se näkymätön häkä on todella petollista, myrkyllistä. Ei haise yhtään, huomaamatta vie tajun. Ei saa enää näkyä siparaakaan sinerrystä takassa, kun pelti pannaan kiinni, huolehti Helena tavoilleen uskollisena ja kohenteli samalla tulta ponnekkaasti.
- Noi nettiviestit, mistä Sirkka just jutteli, voi olla petollisia. Tiedättekö, että vain vajaa kaksikymmentä prosenttia viestien sisällöstä ymmärretään oikein. Se on vähän! Minulle sattui kerran, että yksi ystäväksi itseään kutsuva nainen oli vahingossa jättänyt whatsappiin äänityksen päälle ja siinä sitten haukkui miehelleen minua surutta. Tietty kuuntelin, varsinkin kun juuri hetki aikaisemmin oltiin keskusteltu puhelimessa ihan kivasti. Luulin, että se oli viesti minulle. Ollaan mekin muka sovittu asia ja tavataan vieläkin, mutta en vaan voi luottamuksella enää olla hänen ystävänsä. Ei ole ollut sydän mukana anteeksiannossa. Mitä taas puhuu takanapäin. Ajattelin jutella siitä äidille, mutta vähän arvelutti. Äiti oli nimittäin moittinut minua silloin tällöin samoista asioista kuin ystävä siinä vahinkoviestissä. Jäi kertomatta, varmaan

parempi niin, pohdiskeli Riitta ajatuksissaan.
Ehkä olivat oikeassa, äiti ja ystävä.

Näin elämä kulki, ihmissuhteet tärkeänä eliksiirinä. Mikä
merkitys oli hyvillä käytöstavoilla, sivistyksen
merkittävällä osa-alueella. Entä aitoudella, sielun
sivistyksellä ja luottamuksella.

- Nyt tuntuu, että ollaan ihan huppelissa. Vielä on
  aamukaljat jäljellä. Niihin ei kosketa, ne on
  huomista varten. Ei taideta enää jaksaa valvoa
  aamun tunneille niin kuin nuorina. Mennään
  nukkumaan. Kaikki näkyy kahtena, mutta ei
  vissiin enää sinistä loimotusta. Pannaan vaan pelti
  kiinni. Meillä taitaa olla jo pelti kiinni itse
  kullakin, sopersi Helena ja haukotteli makoisasti.
- Kauniita unia oman kullan kuvia, toivottivat
  kaikki toisilleen mieli keventyneenä ja suu
  hymyssä.

Kohta kuului tuttu tuhina. Yön verho laskeutui
saunamökin ylle.

Koitti kuulas uusi kevätaamu, aurinko nosti säteensä,
kultasi pilvet ja puut, kuikan huudot kiirivät yli
järvenselän, pikkukalat jatkoivat puikkimistaan. Järven
kivet pohjassa nukkuivat paikallaan. Laineilta ei kuulunut
iloista loiskintaa, oli tyven. Eivät laulaneet linnut.
Hiljaisuus täytti ilman.

Ei soitellut kukaan ystävättäristä kenellekään. Ei saatu
heihin yhteyttä. Yrityksiä oli lukuisia, jokaista kaivattiin.
Tuumittiin läheisten kesken, että varmaan kauan odotettu
tapaaminen oli mennyt pitkäksi. Viiniä ja villiä vipinää,
juhlijoita varmaan väsytti vieläkin. Odotettiin iltaan.
Mutta ei sekään auttanut. Ei yhteyttä läheisiin. Tuli
hämmennys, hiipi huoli, pelko pakotti sydämissä.

Oli pyydettävä mökkinaapureita käymään
kurkistelemassa, mitä mökkiin kuului. Koputuksia oveen,
ikkunoihin, joka puolelle. Ikkunoista näkyi neljä
ystävätärtä, kaunista ja somaa, hymy huulilla, jokainen
omassa sängyssä, vaiti, liikkumatta.

Naapurit täytti kauhu, hiljaisuus, epätoivo, epäusko,
pelko, järkytys. Kiireellinen hälytys hätäkeskukseen. Taas
kuului hälytysääni, monta kovaa ääntä, lähestyivät
pikavauhdilla. Palokunta, ambulanssi, poliisi paikalle.
Kiivaat juoksuaskeleet saunamökille rantaan, raskaat
välinelaukut käsissä, ilmeet päättäväisinä, oli kiire.
Jokaisella auttajalla oma tehtävä, ei tarvittu sanoja.

Apu saapui liian myöhään, ei voinut kukaan enää auttaa.
Voimattomuus kohtalon edessä puristi auttajia, katseet
maahan, verkkaiset paluuaskeleet, kyyneleet silmissä, ei
enää kiirettä mihinkään, kenelläkään. Sinisyys ei ollut
takassa hävinnyt, oli ollut vielä häkää. Hajuton,
näkymätön, myrkyllinen, salaa tappava.

Naapurit seisoivat vaiti, halasivat toisiaan, nenäliinat
kastuivat, epäusko ja järkytys. Muistot eilisistä
vilkutuksista järvellä tuskallisina mielessä, onnelliset
ystävättäret saunan terassilla, parhaissa tunnelmissa
kaikesta nauttien. Oliko näin pakko tapahtua.

Läheiset paniikissa paikalle, ei saanut olla totta, ei voinut
olla totta. Oli kuitenkin.

Ystävättärien yhteinen uni jatkui ikuisuuteen, yhdessä
kulki matka taivaan pilviin. Hautausmaalle nukkumaan.
Oman äidin viereen.

MAIJALLE - RAKKAIMMALLENI

- Huomenta kultaseni, varmaan pikkuhiljaa olis jo aika heräillä. Mullahan on se kampaaja tänään Rovaniemellä, niin voisit vähän virkistää itseäsi ja lähteä mukaan. Siellä Taidemuseossa on ihan uusi valokuvanäyttelykin, se olisi varmasti kiinnostava. Ja sitten voitais käydä lounaalla jossain kivassa ravintolassa. Vähän uusia ajatuksia, olet ollut niin allapäin viime aikoina. Turhaa sä enää murehdit niitä yleisönosaston kirjoituksia, ollutta ja mennyttä. Ei niitä kukaan usko!, vakuutti Maija.
- Huomenta. En jaksa lähteä, en vaikka ois mitä tarjolla.
- Sun pitää ajatella, että ne jutut on ihan perättömiä. Kaikki ymmärtää, miten hyvä opettaja sä kaikki nää vuodet olet ollut, ei niitä joku kajahtanut isä voi pyyhkiä pois. Sun on pakko vaan unohtaa, ihan pakko.
- Helppo sun on sanoa. Mulla on parempi olla kotona ja levätä. Lupaan, että en taas ala lukea niitä kirjoituksia, yritän tehdä jotain muuta. Taidan vähän kirjoitella. Mee ite vaan ja nauti, ei

mitään kiirettä takaisin, mutisi Tapio sängyn
pohjalta.

Kevät myöhässä, kylmä vihmoi auton tuulilasiin, radio
soitti repivää räppiä, harmitti. Olisi ollut niin hyvä
Tapiolle lähteä mukaan, aina kylille lähtö vie ajatukset
uusille urille. Tarpeeksi on jo murhetta kantanut, vatvonut
mielessään perättömiä kirjoituksia ja surrut lehdistön
valtavaa voimaa ja olematonta vastuuta.

Mittaamattomia seurauksia, muka vallan vahtikoira. Kyllä
pitäisi toimituskunnan pitää huoli, ettei koira pääse
syyttömiä puremaan eikä haukkumaan. Mutta ei,
tottelemattomia rakkikoiria käytetään koston
välikappaleina, pahuuden purijoina, perättömän tiedon
sanansaattajina. Joku puhuu vastuusta, mutta eivät
yleisönosaston kirjoittajat sellaista tunne, haluavat kostaa.
Joku vannoo toimittajan kolmeen pääperiaatteeseen:
tarkista, tarkista ja tarkista. Turhaan vannoo, paljon
suorastaan valhetta painetaan. Ajatellaan, että seuraavan
päivän lehti korjaa kaiken, menneet unohdetaan, uusia
uutisia tilalle. Ei se niin mene, ei loukattu ja häväisty
unohda - ei koskaan.

Kittilä, Särestöniemen museo, Kaukonen, Kumpu,
Ylipää, Alakylä, Sillankorva, Kokkovaara, Veittivuoma,
Meltaus, Tapionkylä, Nivankylä, Rovaniemi ja perillä.

-    Tervetuloa Maija, pitkästä aikaa!
-    Joopa joo, hei taas pitkästä aikaa!

- Onpa tukka kasvanut, vähän repsottaa. Keväistä ilmettäkö toivot, ainakin tukka sitä kovasti kaipaisi.
- Justiinsa. Nyt on meillä ollut kotona sen verran hankalaa, että jotain virkistystä tarvitaan tähän päähän. Saat vapaat kädet. Mä paan silmät kiinni ja odotan uutta räväkkää kevätilmettä. Antaa palaa, Susanna!

Siirtymistä tuolista toiseen, kylmää pesuvettä niskaan, kuumaa silmille, taas tuolin vaihto. Onneksi ei silmälaseja, ei tarvinnut katsoa itseään peilistä. Kunpa silmät pysyisivät kiinni ja voisi vain nauttia lempeästä taustamusiikista. Mutta ei, koko ajan Susannan rupattelua, kysymyksiä, myötäelämistä. Ei utelua, ei tungettelua, vain mielenkiintoa. Pakko vastata, tarkentaa ja selostaa. Ei saanut olla epäkohtelias, monen vuoden kontakti, hyvä kampaaja, ystävä, ihminen parhaasta päästä.

- Tapio vaan ei pääse irti niistä lehtijutuista. Veivaa ja vatvoo niitä liikaa, väittää yrittäneensä unohtaa. On niin masentunut mieli, kun tietää tehneensä hyvää työtä kaikkien vuosien varrella ja olevansa ihan syytön. Hyvä ja pidetty opettaja ollut. Tosi törkeää, että perättömiä epäilyjä saadaan kirjoittaa lehdessä, ei tarkisteta asioita, valitteli Maija suruissaan ja suruistaan.
- Totta, mutta eihän kukaan niitä ole uskonut eikä ottanut tosissaan, lohdutti Susanna ja napsi näppärästi hiuksia lyhemmiksi.

- Kyllä Tapio on saanut hirveitä nimettömiä puhelinsoittoja, joku korttikin on tullut. Voit uskoa, miten koville se on ottanut, syytön kun varmuudella on. Kaikilla ei ole arvostelukykyä eikä halua. On niin helppo heti tuomita, vaikkei asiasta mitään tiedä. Tapio on ihan loppu, ei suostunut lähtemään tänne mukaan, vaikka kuinka yritin houkutella. Olisi tehnyt terää tulla hakemaan vähän iloista vaihtelua.
- Eikös päätoimittaja vastaa jollain tavalla kaikesta sisällöstä. Ainakin on semmoisia termejä kuin vastaava päätoimittaja. Kai silloin joku vastuu pitäisi olla, ainakin siltä tämmöisestä tavallisesta lukijasta tuntuu.
- Tapio on soittanut lehteen ja ne on sanonut, että pitää itse kirjoittaa, jos haluaa oikaista jotain. Ei ole Tapio halunnut paisutella. Se lehti on semmoinen ilmaisjakelulehti, melkein täynnä ilmoituksia, mutta menee joka kotiin vaikka väkisin ja jutut leviää kuin rutto, ihmiset on niin ilkeitä. Lehdestä on vaan sanottu, että yleisönosaston kirjoittajat vastaavat itse kaikesta, eikä lehdellä ole arpaa eikä osaa.
- Mutta eihän se noin voi olla!
- No ei niin. Mä soitin Julkisen Sanan Neuvostoon ja kysyin. Sain tosi hyvät vastaukset ja ne sanoi, että päätoimittaja vastaa koko lehden sisällöstä, yleisönosastosta myös. Lehtien pitäisi olla tarkkoja erityisesti lukijoiden juttujen kanssa ja

lukea ne huolella ennen julkaisemista, karsia asiattomat ja loukkaavat. Eihän lukijat oo ammattilaisia ja usein kirjoittavat aivan henkilökohtaisuuksia, perättömiä juttuja ja haluavat vain kostaa jollekin. Toivottavasti ymmärsin oikein mitä mulle selitettiin.

- Joo, toi tosiaan tuntuu ihan järkevältä. Eikös lehtien kustantajilta tai muilta tekijöiltä vaadita mitään ammattitaitoa tai tutkintoa, ettei homma menisi ihan villiksi.
- Kuulemma lehtiä saa julkaista ja painattaa kuka vaan, ei meillä ole mitään kieltoja. Se olisi sananvapauden rajoittamista. Siitä sitten seuraa, että ammattitaidottomia ja vastuuttomia lehden tekijöitä on Suomessa - ja muualla. Vastuu on totaalisen muodollista, siitä saa Tapio nyt juuri eläkeiän kynnyksellä kärsiä.
- Nyt ois leikkaus valmis, mites on värin kanssa. Uutta pirtsakkaa vai perusraitaa?
- Mä sanoin sulle, että saat vapaat kädet. Pidä se!
- Jees. Tapiohan taisi saada Vuoden Kuntalaisen kunniamaininnan tässä joku vuosi sitten. Mä tunnen paljon vanhempia, jotka aina on kiittäneet Tapion opetusta ja lämpöä oppilaita kohtaan. Ollut usein kiltimpi kuin vanhemmat, lapset on paljon kertoneet sille huoliaan ja salaisuuksiaan, semmoista mitä ei oo voinut muille kertoa. Aina on Tapio kuulemma kuunnellut ja auttanut. Moni lapsi ja aikuinen on kaikkina vuosina ihan ihaillut Tapiota. Taitaa olla vain tuo yksi tosi kajahtanut

isä, joka luulee ihan joutavia, tuhahteli Susanna ja sekoitti ponnekkaasti väriaineita keskenään.

- Kyllä me tiedetään, että lehden päätoimittaja ja tää yleisönosastolle kirjoittava isä on hyviä kavereita jo vuosien takaa. Niillä on yhteinen harrastus, pörssikauppa, yhteiset rahat ja sijoitukset, tappiot ja voitot. Taitaa mennä hyvin, pörssissä tai lehdessä, kun molemmat miehet on ostanu uuden auton, sähkövehkeen. Äsken Tapio kävi juristin juttusilla, oli ollut oikein asiantunteva ja simpsakka nuori nainen. Hänen mielestään lehti ja kirjoittaja-isä oli syyllistynyt kunnianloukkaukseen, aihetta olisi oikeudenkäyntiin ja varmalta tuntuisi voitto. Poliisin puheille pitäisi mennä, niin saisi vähän arvovaltaa taakse. Syyttäjä voisi innostua syyttämään jutussa.
- No siinähän olisi aika hyvä idea, ainakin mun mielestä.
- Niin mekin ensin mietittiin, mutta sitten tultiin toisiin tuuminkeihin. Jos poliisit rupeis tätä juttua tonkimaan, pitäisi se tutkia tietty perusteellisesti ja aikaa kuluisi hirveästi. Aina olisi mielen päällä. Ei siinä auttaisi se, että Tapio kiistää kaiken. Pitäisi kuulla Nooraa ja tyttöhän on vasta yhdeksän. Silloin alaikäisen kuulemisessa pitäisi olla huoltaja paikalla eli isä. Nooran äitihän on kuollut. Ja on ihan varma, että silloin Noora joutuisi puhumaan niin, että isä on tyytyväinen.

Ei raukka voisi myöntää, että on aikanaan isä ymmärtänyt kaiken väärin.

- Tukala tilanne lapselle. Voi pientä.
- Sillä luokkaretkellä oli melkein koko luokka mukana ja kolme valvojaopettajaa. Me ollaan puhuttu kaikkien näiden opettajien kanssa ja kaikki on kertoneet, että mitään lähentelyä ei oo tietenkään ollut eikä mitään sopimatonta oo tapahtunut. Seksuaalisesta häirinnästä puhumattakaan. Tapio oli kerran nostanut Nooran syliin, kun tämä oli kaatunut mukulakiviin Oulun vanhassa kaupungissa ja alkanut itkeä ihan hillittömästi. Oli kuulemma kertonut, että nyt isi varmasti suuttuu, kun ihan uudet kimallehousut oli rikkoutunut ja laukku kastunut lätäkköön. Isi oli kuulemma ankara ja rankaisi aina, jos jotain meni rikki.
- Ai ne kaikki valvojaopettajat on kertoneet samalla tavalla, vai?
- Juu, juu. Varmaa, että niin on kaikki tapahtunut. Ne Nooran isän kirjoittamat yleisönosaston kirjoitukset on ihan tuulesta temmattuja, rikollisia ja loukkaavia, mutta vaikea niihin on enää puuttua, kun ne on jo julkaistu. Vastuutonta ja törkeää! Mä oon koittanut Tapiolle sanoa, että 'ei paska pöyhien parane', mutta en tiedä onko sekään ollut viisas asenne. Surullinen tunnelma kotona.
- Nyt on rouvan uusi look valmis, säpäkkä tuli!

-   Oho, onpas hieno! Kyllä nyt Tapiolta revähtää katse kattoon ja ilme kirkastuu.

Nivankylä, Tapionkylä, Meltaus, Veittivuoma, Kokkovaara, Sillankorva, Alakylä, Ylipää, Kumpu, Kaukonen, Särestöniemen museo, Kittilä ja perillä kotona.

-   Hei kultaseni, nyt onkin sulla uutta nähtävää, mahdatkos enää vanhaa vaimoa tunnistaa!

-

Ei tunnistanut ketään eikä mitään. Ei ollut enää jaksanut. Oli valkoinen kirjekuori odottamassa yöpöydällä, sen päällä luki: MAIJALLE – RAKKAIMMALLENI♡

Rakkaimpani Maija,

kiitos kaikesta. Olit maailman paras vaimo, muista se aina sydämessäsi. Meillä oli ihana yhteinen elämä, jonka teit minulle elämisen arvoiseksi. Kanssasi olin onnellinen, hyvin onnellinen. Tiedät miten pahoillani olen, kun nyt teen sinut mittaamattoman surulliseksi, tätä et olisi ansainnut. Anteeksi, en osannut enkä jaksanut enää muuta.

Nyt lähdön hetkellä muistelen upeita keskusteluja oppilaideni kanssa, kahden kesken, salaisuuksia, ei kerrottu muille, lupaukset pidetty, lohdutusta ja uskoa parempaan.

Noora, aivan suloinen pieni oppilaani, surrut äitinsä kuolemaa, itkenyt ikäväänsä, saanut itkeä, usein oli itketty yhdessä, saanut olla voimaton ja toivoton, toivonut isältään lämpöä, ymmärrystä, lupaa itkeä, ei ainaista vaatimusta kestämisestä ja voimasta. Turhaan toivoi, ei isä ymmärtänyt pientä lastaan, ei itseäänkään, ei elämää, ehkä sentään pörssikursseja.

Minulla on hyvä omatunto työstäni ja paljon kiitollisia muistoja opettajavuosilta, ihania lapsia ja vastuullisia vanhempia. Mutta tunnen, että maineeni on mennyt peruuttamattomasti rumalla ja väärällä tavalla, julkisesti. Tunnenko oikein vai väärin, en tiedä. En jaksa enää ajatella mitään.

Rakas Maijani, ihanat yhteisten vuosien muistot vien syvästi kiitollisena mennessäni uuteen parempaan maailmaan, missä sinua odotan siihen asti, kunnes taas kohtaamme - sitten kun aikasi on täysi.

Ikuisesti ja ikuisuudessa

Tapiosi ♣

TÄMÄ ON VOITTOJUTTU

Merinäköala vehreän koivumetsikön takana, tummia
saaria, historiallisten meritaistelujen maisemia, haikkuja eli
otsatukkalehmiä, metsäkauriita, jäniksiä, merilintuja
mittaamaton määrä. Kesän viinimarjojen tuoksua, syksyn
vaahtopäisiä tyrskyjä, talven valkohankia ja meren jäätä,
sitten taas kevään neitseellistä luonnon puhkeamista.
Terassilla tunnelma, ettei maailmassa voi olla kauniimpaa,
melankolisempaa, rauhallisempaa eikä omempaa.

Kaikki kohdallaan, juuri nyt ja tässä, meille ja meidän
oman ikuisuuden ajaksi. Tunteet ja visiot asuntonäytössä,
kun Aulikki ja Timo ensimmäistä kertaa astuivat Hangon
lähellä Tvärminnessä myynnissä olleelle
omakotikiinteistölle. Oli saatava tämä heille uudeksi
kodiksi, tämä maisema, tämä ihanuus ja unelma.
Hintapyyntö oli kova, mutta jostain oli rahat raavittava. Ja
he raapivat ne kasaan, oli sukulaisia ja suhteita. Pientä
tinkimistä ja nimet papereihin.

Banaanilaatikot ja retrohuonekalut. Ne tuntuivat
höyhenen keveiltä, kun Timo sai kantaa ne sisälle.
Laulellen sovittelu paikoilleen, pientä mallausta ja sitten
saattoivat silmät levätä sopusuhtaisessa asettelussa. Kirjat

löysivät omat paikkansa ikkunan ympäriltä. Kirjahylly oli entisten asukkaiden toimesta rakennettu koristamaan olohuoneen leveästä ikkunasta avautuvaa uljasta, alati vaihtuvaa merinäköalaa. Kekseliäitä ja kaunista. Ei tarvittu ikäviä verhoja. Maailman kaunein näkymä, niin tuumivat Aulikki ja Timo käsi kädessä.

Terassikalusteet somasti valkoiselle kuistille. Oli aika nauttia juhlakuoharit, kullan hohtoinen onni ympäröi uutta alkua. Vielä itse maalatut taulut seinille, astiat kaappeihin ja huolella valikoidut lasiesineet ja muistojen tuojat täsmällisesti paikoilleen. Sitten sai sipistely riittää.

Niin rauha laskeutui Tvärminneen ja oli uusi elämä nupullaan.

Kunnes Timo alkoi vaihtaa kylpyhuoneen kukallisia, kirjavia laattoja tyylikkäämpiin valkoisiin laattoihin. Outo, epämiellyttävä haju, löyhkä. Levisi kuin kulkutauti jokaisen laatan irrottamisen myötä. Ei Timo taiteen tuntijana osannut arvioida tilanteen vakavuutta, mutta muutaman kaverin mielestä tilanne vaati asiantuntijan tarkkaa silmää ja oikeudellista, perusteellista arviointia. Kaverit eivät tunteneet kosteuden hajuja, mutta herkät taiteilijat olivat toista mieltä.

> - Olen hoitanut useita saman tyyppisiä kiinteistökauppaan liittyviä riitajuttuja, yhtään en ole hävinnyt ja tämä keissi tuntuu ihan varmalle. Mielestäni selvääkin selvempi voittojuttu, paasasi Söderman.

- Pöydän ääressä istuivat Aulikki ja Timo
  paikallisen asianajajan, Stig Södermanin kanssa.
  Oltiin uuden äärellä, tunnelmat olivat haparoivat,
  epätietoiset ja hyvät neuvot olivat nyt kortilla ja
  lakikirjassa. Oli ilmaantunut pahalta haiskahtava
  ongelma.

Kiinteistöltä oli puuttunut salaojitus, sen olivat Aulikki ja
Timo jo ennen kauppaa huomanneet, mutta
kosteusvauriot olivat ilmaantuneet vasta vaatimattoman,
itse aloitetun sisäremontin aikana. Mitä enemmän
rakenteita purki, sitä enemmän kosteutta tuntui löytyvän.
Ensin kosteista tiloista, kylpyhuoneesta ja
kodinhoitohuoneesta, sitten laajemmalti alakerran
lattioista. Vanha oli tietysti vanha, mutta oliko tämä
oikein, oliko mitään tehtävissä. Jälkikäteen kauppahinta
tuntui väärälle. Jos kaiken olisi tiennyt, olisi pitänyt tinkiä
enemmän, ponnekkaasti ja vahvasti perustellen.

- Kyseessä on niin kutsuttu salainen virhe eli
  sellainen virhe kaupan kohteessa, jota edes myyjä
  ei ole tiennyt. Ei myyjä ole mitenkään huijannut,
  peitellyt kosteutta tai piilotellut sitä.
  Yksinkertaisesti ei vaan ole ollut siitä tietoinen.
  Kun teille esiteltiin myyjän hankkima
  kuntotarkastuksen raportti, siitä kyllä selvisi, ettei
  rakennuksen rakenteita ollut avattu lainkaan.
  Näin usein on, ja sen takia virheet tulevat esille
  vasta, kun rakenteita avataan, selosti Söderman
  lakikirjaa lehteillen.

- Mutta jos ei edes myyjä ole tiennyt virhettä, niin ei kai enää voi mitään tehdä, kyseli Timo tukka pystyssä ja kämmenet hiessä.
- Ei tilanne ole huono, vaatimus hinnanalennuksesta on vielä mahdollinen. Kutsutaan tavarantarkastaja, hän suorittaa katselmuksen ja arvioi hinnanalennuksen määrän ja sitten se vaaditaan takaisin kauppahinnasta. Näitä tapauksia on pilvin pimein oikeuskäytännössä, selvä juttu. Hommiin vaan, intoili Söderman.
- Mutta meidän rahat on jo käytetty, äiti on pantannut oman pienen kotimökkinsä meidän lainan vakuudeksi, eikä rahaa saada mistään enempää. Tämähän voi tulla meille ihan liian kalliiksi, tuskaili Aulikki, joka ei raha-asioista muuta ymmärtänyt kuin että rahojen täytyy riittää menoihin.
- Tehän kerroitte, että teillä on oikeusturvavakuutus. Maksimi taitaa olla 10.000 euroa, eiköhän tämä siihen saada mahtumaan, kun tiukille pannaan. Omavastuu on vain 15 pinnaa. Ensin neuvottelut myyjien kanssa ja jos ei rahaa tipu, käräjille vaan. Tunnen tuomareita ja oikeuskäytäntöä. Ei tämän jutun pitäisi olla kovin kummoinen, maalaili Söderman toimistossaan mahonkipöydän takana.

Tunnollisen tuntuinen ja tiukka tavarantarkastaja tuli tutkimaan tilanteen, raapi päätään, avasi lisää rakenteita ja tuskaili kelvotonta kosteuseristystä ja vanhentunutta, puutteellista rakennustapaa. Arvioi vahingon määräksi 49.000 euroa, sen tulisi korjaus maksamaan oheiskustannuksineen. Se oli jo aika iso osuus kauppahinnasta, mutta minkäs teki. Huono tulee kalliiksi.

Sovintoneuvottelut päätyivät kaaokseen. Huutoa ja melskettä, henkilökohtaisuuksia ja solvauksia. Söderman oli esittänyt 58.000 euron vaatimuksen hinnanalennukseksi. Pitihän maksetuiksi saada myös tavarantarkastajan lasku ja hänen omat kulunsa, jotka kasvoivat päivä päivältä.

Myyjät halusivat päästä eroon ikävästä asiasta ja tarjosivat hinnanalennuksena 18.000 euroa. Siitä seurasi vain ylimielistä naurua ja lisää solvauksia Södermanin taholta. Kyllä hän oli varma, että viimeistään käräjillä oikeus voittaisi ja rahat tulisivat kätevästi kuin Burana apteekin hyllyltä.

- Mitäs tässä nyt olisi järkevä tehdä, kun meidän rahat on tosiaan loppu eikä lisää voida enää lainaakaan ottaa. Rakenteet on vielä auki, eikä kunnolla voi käydä suihkussa eikä saunoa. Vessakin on pois käytöstä. Kesken on kaikki ja velkaa jo rakennusliikkeellekin. Onneksi ei ole käytetty ulkopuolisia työntekijöitä, itse on kaikki survottu, selosti Timo epätoivoissaan Södermanille.
- Minusta me voitaisi ihan hyvin tyytyä tuohon sovintotarjoukseen, vaikka se aluksi tuntui todella

vähäiseltä. Olisi sekin parempi kuin ei mitään,
ehdotteli Aulikki kyyneleet silmissä.

- Rohkenen olla eri mieltä. Tämä on selvä
voittojuttu, minulla kun on tätä kokemusta
samanlaisista jutuista ja tiedän tarkkaan
paikallisen käräjäoikeuden käytännön. Tunnen
tuomareita. Suosittelen vahvasti käräjiä,
vakuutteli Söderman.
- Entäs meidän oikeusturvavakuutus, sehän taitaa
olla vielä voimassa, kyseli Timo.
- Kyllä on voimassa, sen olen tarkistanut. Jotkut
yhtiöt ovat vähän nihkeitä korvaamaan
sovintojuttuja, niitä kun voidaan sopia kavereiden
kesken vaan siinä tarkoituksessa, että saadaan
palkkioita vakuutusyhtiöiltä. Nyt ei tietenkään ole
sellaisesta kyse, mutta varminta olisi viedä juttu
käräjille. Aika paljon näitä kustannuksia ja
palkkioita on jo kertynyt, niin että kohta alkaa
tuo maksimi täyttyä, kertoi Söderman.
- Paljonkos noita laskuja on nyt jo kertynyt
yhteensä, kyseli Aulikki.
- Taitaa kaikkinensa olla siinä 9.000 euron pintaan,
laskeskeli Söderman tutkien pitkään läppärinsä
sekalaisia tiedostoja.

Painajaismainen tilanne, kyselivät mielipiteitä ja neuvoja
läheisiltä, ystäviltä ja naapureilta. Halusivat harkita, hyvät
ja huonot puolet puntariin, kumpia olisi enemmän. Hyviä
puolia ei löytynyt mistään, vain mustaa ukkosmyrskyä
näkyvissä. Jyrinä kuului jo, läheni uhkaavasti.

Södermanin neuvosta käräjille, tuskallista
loppumattomalta tuntuvaa odottelua, neuvotteluja,
istuntoja, todistelua, vastakkaisia asiantuntijoiden
mielipiteitä, sovintoesityksiä. Kaikki ajatukset pyörivät
kosteusvaurioissa, käräjissä. Ei hetkenkään rauhaa
mielelle, kotona keskinäistä kauhistelua ja nahistelua,
lopulta isoa riitaa ja mielipahaa. Ja aikaa kului.

- Kun se puheenjohtaja ehdotti vastapuolen 5.000
  euron sovintoesityksen hyväksymistä ja me se
  hylättiin, niin se kysyi, miten me nähdään elämä
  kahden vuoden kuluttua. Se oli aika pysäyttävä
  kysymys, pohti Aulikki. Hänen silmissään
  tulevaisuuden näkymät olivat lohduttomat.
- Kyllä meitä korkeammat voimat jollain tavalla
  auttavat. Kun on leikkiin ryhdytty, on se
  kestettävä, vakuutteli Timo, vaikkei itsekään
  siihen uskonut. Oli selvästi tehty väärä päätös
  ryhtyä käräjöimään, mutta ei sitä enää voinut
  peruakaan.

Käräjäoikeuden kauan odotettu tuomio oli kuin läiskäys
märällä rätillä päin näköä. Hinnanalennusvaatimukset
hylättiin kaikki. Aulikki ja Timo velvoitettiin korvaamaan
vastapuolen oikeudenkäyntikulut 25.000 eurolla.
Hävinnyt maksaa voittajan kulut, näin se on periaatteessa.
Vastapuolen kuluja ei heidän oikeusturvavakuutuksensa
kattanut, koska he eivät olleet ottaneet sellaista lisäturvaa.
Se olisi tullut kalliiksi. No, kalliiksi ja kalliiksi, nyt he olivat
jyrkästi toista mieltä.

Käräjäoikeuden mielestä alkuperäiset viat ja vauriot olivat olleet vähäiset ja tiedossa olleen puuttuvan salaojituksen seurausta. Ostajat itse olivat pahentaneet virheellisyyksiä taitamattomilla toimillaan, runsaalla veden käytöllä ja jättämällä remontin suojaamattomana kesken.

Söderman yllättyi tuomiosta, nyt oli tapahtunut iso vääryys, hovissa oltaisiin järkevämpiä, valittaa piti ja lujaa. Hän antoi hieman alennusta omista oikeudenkäyntikuluistaan, mutta ne olivat siitä huolimatta vakuutuksen jälkeen yli 12.000 euroa. Tietty myös omat kulut käräjäoikeuskäsittelystä piti Aulikin ja Timon maksaa.

Kyyneleet kastelivat Aulikin ja Timon posket Tvärminnessä, eivät lohduttaneet kuvankauniit merimaisemat eivätkä historiallisten voittoisten meritaistelujen muistot. Katastrofi oli tähän mennessä maksanut yli 40.000 euroa. Remontti oli pahasti kesken, rahat eivät riittäneet uusiin pieniinkään tarvikkeisiin eivätkä tietenkään lainanlyhennyksiin. Taiteilijapariskunnan luomisvoimaa ei ollut enää jäljellä millin vertaa. Kaikki energia oli mennyt sapekkaaseen riitelyyn ja vimmaiseen käräjöintiin, hukkunut vesivahinkoihin.

-       Eikö tätä juttua voisi jättää tähän ja koittaa sovitella oikeudenkäyntikulujen määrää vastapuolen kanssa? kyselivät Timo ja Aulikki epätoivon partaalla.

- Ei se mielestäni ole järkevää. Silloinhan menee mahdollisuus ja toivo, että hovi muuttaa kaiken meille edulliseksi ja te saatte sieltä rahaa, korvauksen ja kaikki oikeudenkäyntikulut, omat ja vieraat, selosti Söderman toiveikkaana.

Ei ollut Söderman oikeassa, ei hovi muuttanut käräjäoikeuden tuomiota muutoin kuin lisäsi Timon ja Aulikin vastapuolelle maksettavia oikeudenkäyntikuluja 8.000 eurolla. Myös Söderman osasi laskuttaa omasta oikeudellisesta avustaan hovissa, laskua kertyi 7.000 euroa.

Maksettavaa oli kertynyt korkoineen jo noin 60.000 euroa. Ehkä enemmänkin, Aulikin ja Timon laskutaito ei enää riittänyt.

Timon ja Aulikin mitta oli täysi, riita ulottui jo kodin seinien sisälle, rikkoi unelman. Ei auttanut pariterapia eikä vertaistuki. Yhteinen avioerohakemus käräjäoikeuteen, eikä siihen tarvittu Södermanin lainopillista apua. Kaavakkeet olivat selkeät, helpot täyttää.

Kun Timo ja Aulikki joutuivat keittiön pöydän ääressä selvittämään omaisuutensa ositusta ja samassa yhteydessä käymään tarkemmin läpi Södermanin laskutusta, kiinnittyi huomio siihen, että sinänsä oikeudenkäynti oli valtion taholta hyvin halpaa. Käräjä- ja hovioikeuden toimitusmaksut olivat vain muutaman sadan euron luokkaa. Kaikki muu kustannus oli syntynyt asianajajan omista toimista, asiaan perehtymistä, tutkimisesta, neuvotteluista, matkoista, puhelinsoitoista ja sen semmoisesta. Kallista oli, mutta itse he eivät olisi osanneet - eivätkä oikeastaan halunneetkaan ryhtyä riitelyyn.

Tvärminnen koti meni myyntiin. Oli pitkään myynnissä. Kauppa ei käynyt, sijainti oli erikoinen ja sisäremontti kesken. Vain Aulikki ja Timo olivat aikanaan ymmärtäneet kiinteistön ainutlaatuisuuden, luomisvimman puhkeamisen kukoistukseen ja oman ikuisuutensa upeat ja onnelliset näkymät.

Oli pakko realisoida Aulikin äidin koti asuntolainan lyhennyksiin eikä pankilla enää riittänyt ymmärrys. Sydäntä raastoi, hävetti ja pani vihaksi. Miksi näin oli käynyt, kysymys oli koko ajan Aulikin ja Timon mielessä. Eivät uskaltaneet vastata. Södermanin laskut odottivat maksamistaan.

Aulikin äiti oli nähnyt sotia, tottunut vastoinkäymisiin, elämää oli monenkirjavaa.

Ei häntä kotimökin myynti järkyttänyt, yhteiskunta hoiti hänet tasokkaampaan kotiin, uuteen ja mukavaan sosiaaliseen ympäristöön. Elämänlaatu koheni huomattavasti. Eniten hän suri Aulikin onnellisen avioliiton kariutumista, täysin turhaa, pienten kosteusvaurioiden tsunamimaista seurausta.

Timo jäi kitumaan Tvärminnen kotiin. Masennus söi energian ja luomisvoiman. Vielä muutaman vuoden

päästä remontti oli pahasti kesken. Sisävessan hän oli
sentään saanut toimimaan.

Aulikin ja Timon ystävä oli ennen käräjöinnin alkamista
tokaissut, että oikeuslaitos on kuin lottoarvonta, koskaan
ei voi tietää mitä sieltä tulee. Olisi kannattanut uskoa.

Sovinto ei ole lottoa. 

TELOITETUT VILLASUKAT

Täynnä pelkoa kotona ja peltotöissä, sisällä ja ulkona, aamuin, päivin, illoin, erityisesti öin. Sellaista oli Veeran elämä ollut viime vuosina. Hän ei ollut ainoa eikä yksin pelkojensa kanssa.

Koko Suomi eli jatkuvassa puna-valkoisessa pelossa. Oli ollut repivä vallankumous Venäjällä, sanoinkuvaamattoman raaka maailmansota koko maailmassa, iljettävää kavaluutta naapureiden ja tuttavien kesken, sortoa epäoikeudenmukaisissa työoloissa, kuristavaa nälänhätää kaikissa perheissä, lapsikuolleisuutta enemmän kuin terveitä vauvoja. Kaikki tuntui olevan sortumassa juuri itsenäistyneessä Suomessa.

Ei Veera paljoa ymmärtänyt, hän oli oppinut vaivoin lukemaan, mutta kirjoittaminen ei oikein millään ottanut sujuakseen. Hän teki kaikkia töitä torppariperheessä, mitä milloinkin käskettiin ja mitä nyt nuori ja pieni ihminen osasi. Se ei ollut paljoa, sillä häntä pidettiin hiukan jälkeen jääneenä. Ei hänen tietomääränsä tietenkään suuren suuri ollut. Onneksi hän ei myöskään tiennyt eikä aavistanut, että maailmassa oli sellainen paha paikka kuin Inkoon Västankvarn.

Pelkoon ei tarvinnut kouluja, ei kirjoja, ei lukemista, ei kirjoittamisen taitoa. Pelko oli läsnä koko ajan. Veeran piti omassa mielessään paeta pahuutta ja pelkoa jotenkin, kun mihinkään ei voinut lähteä. Veeralla oli yksinkertainen pieni keino pakoon, vaikka hän ei edes ymmärtänyt pakenevansa. Hän neuloi, neuloi kaiken vapaa-aikansa. Ei vapaata paljoa ollut, mutta se riitti. Katse silmukoihin, ajatukset puupuikkoihin, mieli kuvioihin ja pelko häipyi hetkeksi. Tuli välillä melkein rentous ja hyvä olo. Sukkia, lapasia, puseroita, huiveja. Kaikille, äidille, isälle, siskoille, kaikille. Pienessä, pimeässä torpassa Uudellamaalla Pusulassa aina, kun vain vähänkin oli aikaa ja mahdollisuus.

Veera oli kuullut, että ei saanut olla kapinallinen. Piti hyväksyä, että varakkaat ovat parempia ihmisiä. Piti hyväksyä, että joku sai sortaa ja raiskata. Ei saanut haluta parempia oloja. Muutoin valkoiset tulisivat ja ampuisivat. Ei Veera oikein ymmärtänyt, miten jotkut ihmiset voivat olla valkoisia tai toiset punaisia. Eihän se ollut lainkaan mahdollista. Hänen ympärillään kuului vain punainen kuiske eikä Veera käsittänyt, miksi tämän vuoksi joku voisi ampua ihmisen. Voisi ampua toisen ihmisen ihan kuoliaaksi. Näin kuulemma kuitenkin paljon tapahtui. Veerasta tuntui, että punaiset puhuivat ihan oikeista asioista, vaikkei hän sitä muille kertonutkaan. Kuunteli vain.

Keväällä koivunlehtien juuri puhjettua kirkkaaseen vihreyteen ja sään ollessa kaiken kauniin odotuksessa pyssymiehet rymistelivät Veeran kotitorppaan sisään. Niitä oli monta, olivat kuulleet punaisen puheen. Ne olivat voittajia, ainakin voittajien puolella omasta mielestään. Koko Veeran pelosta mykkä perhe lastattiin hevoskärryihin, mitään ei kysytty, mitään ei haluttu tietää. Kärryissä oli jo paljon muitakin, näkyi olevan ainakin kaikki lähisukulaiset. Oli muutama nainen Veeran ja äidin lisäksi, mutta etupäässä nuoria miehiä oli lastina. Niin olivat nuorukaisia pyssymiehetkin. Naisilla sai olla jalassa vain villasukat, miehillä sallittiin saappaat tai huopikkaat. Äidillä oli Veeran neulomat kauneimmat villasukat jalassa, Veeralla pitkävartiset arkisukat.

Pitkään kesti töyssyinen matka, läpi kauniin kevään ja uusien maisemien. Ei Veera ollut käynyt kotipeltoja kauempana, mitä hän muualla olisi tehnyt tai osannutkaan. Hiljaa ja peloissaan olivat kärryissä kuljetettavat. Pyssymiehillä oli juotavaa ja mitä enemmän he joivat, sitä kauemmas kuului äänekäs, römeä mölinä. Toisinaan ruotsiksi. Sitä eivät kiinniotetut ymmärtäneet.

Västankvarn odotti valmiina. Sinne tuotiin lisää hämmentynyttä ja pelokasta väkeä, kymmenittäin ihmisiä eri hevoskärryillä. Veera yritti laskea, mutta sekosi jo kolmenkymmenen jälkeen.

Pellolla punaisen ladon edessä näkyi olevan joku puinen, pieni pöytä ja sen ääressä muutama hutera tuoli, papereita ja nahkakantinen paksu kirja. Äiti kuiskasi Veeralle, että jos kysyvät jotain, pitäisi vain sanoa ettei tiedä. Oman nimen voi kyllä sanoa, jos ymmärsi, että sitä kysytään. Savisella pellolla pyssymiehet tönivät ja tyrkkivät, puhua rehvastelivat ja käskivät olla hiljaa. Ei saanut itkeä, vaikka Veeraa kuinka itketti. Hän ei ymmärtänyt mistään mitään.

Pöydän ääressä istunut mies oli nuori, ehkä vähän Veeraa vanhempi, silmälasipäinen ja vaaleatukkainen. Pieni ja hento, melkein poikanen. Hän näytti oppineelta tai ainakin opiskelijalta. Kun pitkän ja raskaan odotuksen jälkeen vihdoin tuli Veeran vuoro, ei hän ymmärtänyt miehen puheesta mitään, oli niin peloissaan. Puhe taisi olla ruotsia, ainakin iso osa siitä. En tiedä, en tiedä, niin Veera vastasi kaikkeen. Mutta sen hän ymmärsi, kun mies sanoi kuolemantuomio ja pamautti nuijalla pöytään. Ja sitten tuli itku, vaikka olisi pitänyt olla vaiti ja vaikka pyssymiehet kuinka löivät ja hakkasivat.

Västankvarn valmistautui teloituksiin.

Kaikki vangitut vietiin tuomion ilmoittamisen jälkeen pellon reunassa olleeseen latoon. Toivo oli hiipunut, kuollut. Oli paljon vangittuja, Veera laski ainakin viisi naista itsensä lisäksi, mutta miehiä oli monta, ei hän pystynyt laskemaan kaikkia mitenkään. Monia kyllä oli, toiset itkivät, toiset rukoilivat suureen ääneen. Oli ihan hiljaisiakin. Pyssymiehet joivat kirkasta ja juopuivat, juopuivat lisää ja tulivat samalla aina vaan väkivaltaisemmiksi. Yötä vasten vangitut miehet vietiin pois, jonnekin. Syykin selvisi pian, sillä sitten alkoi raiskaus. Ei sillä Veeralle ollut väliä, sillä olihan pehtori raiskannut hänet jo, useastikin. Ei se enää tehnyt kipeää.

Vain yksi pyssymies oli siinä kunnossa, että hän pysyi edes pystyssä. Muut olivat nukahtaneet, sammuneet humalaansa. Kun pyssymies alkoi raiskata Veeran äitiä, tämä sai huomaamatta näytettyä Veeralle kädellään, että juokse. Juokse, juokse juuri nyt, juokse kauas ja lujaa! Älä katso taaksesi, punaisen ladon takaa metsään ja pois pois, pian pian. Heti nyt, älä itke, ole ihan hiljaa, mutta nopea ja pysy poissa, piilossa. Ole pitkään piilossa.

Ja Veera juoksi, juoksi minkä villasukillaan pystyi. Ensin punaiselle ladolle, sen taakse sakeaan metsään kohti korkeita kallioita. Välillä hän joutui ottamaan villasukat jaloista, niin hän juoksi nopeammin. Sitten nopeasti piiloon kauas kylmän kallion mustaan koloon. Hän rukoili ääneti kädet ristissä, että äidin villasukat suojelisivat tai ainakin lämmittäisivät tätä. Veera puristi silmät kiinni ja rukoili äidin puolesta.

Seuraavana aamuna hän kuuli kaukaa kovia ja teräviä ääniä, laukauksia, useita laukauksia. Sitten ei kuulunut mitään. Oli laskeutunut hiljaisuus, linnut eivät laulaneet, tuuli ei uskaltanut suhista. Sisimmässään Veera ymmärsi, vaikkei halunnut ymmärtää eikä edes ajatella, ettei mikään enää voinut äitiä lämmittää, eivät edes Veeran neulomat kauneimmat villasukat.

Veera pysyi kallion kolossa ihan hiljaa monta päivää ja
yötä. Vasta siellä ja silloin hän ymmärsi, mitä pelko todella
oli. Aiemmin se oli ollut pikkulasten piirileikkiä. Veera
silitteli kylmissään repaleisia villasukkiaan, veti niitä
ylemmäs jaloissaan, yritti saada niistä vähän lohtua ja
lämpöä.

Muutaman päivän kuluttua loppui sisällissota. Äiti ja äidin
raiskaus olivat pelastaneet Veeran elämälle.

Kallion läheisyydessä asunut tilan emäntä löysi lopulta,
monen päivän kuluttua Veeran, antoi kodin ja lämmön.
Piti omanaan. Opetti lukemaan. Hitaasti se sujui, mutta
Veera jaksoi yrittää. Oppi.

Myöhemmin Veera halusi tietää, miksi tuo kaikki kauhea
oli tapahtunut. Oliko ollut pakko. Miten hän liittyi
järjettömiin julmuuksiin vai liittyykö ollenkaan.

Historia kertoi.

Inkoon Västanfjärdissä teloitettiin laittoman
kenttäoikeuden langettamien tuomioiden seurauksena
toukokuussa vuonna 1918 yli 60 punakaartilaista tai
ainakin sellaisiksi luokiteltuja. Etupäässä miehiä, mutta oli
joukossa myös muutamia naisia, enintään kuusi.
Tarkoituksena oli estää punaisten enempi kapinointi ja
tihutyöt Uudellamaalla.

Paikkakunnalla liikkui huhupuhe, että joku nuori nainen
oli päässyt pakenemaan. Veera tiesi paremmin. Naisia oli
ollut muutama enemmän kuin kuusi mutta vähemmän

kuin kymmenen. Hän oli se nuori, pakenemaan päässyt nainen, vasta pieni tyttönen.

Västankvarnin teloituksia johti vuonna 1891 syntynyt toimittaja, runoilija ja prosaisti, Korkeimman oikeuden presidentin poika Erik Herman Voldemar Grotenfelt. 27-vuotiaana, ruotsinkielisenä filosofian maisterina hän toimi sotatuomarina ja langetti tuomiot. Paikallinen sotaoikeus ei tuntenut muita tuomioita kuin kuolemantuomion.

Tuomitut kävelytettiin punaisen ladon eteen, missä heidät teloitettiin.

Grotenfeldt toimi ensimmäisenä kuolemantuomioiden täytäntöönpanijana, ampujana. Sen jälkeen teloitukset suoritti Länsi-Uudenmaan pataljoona.

Grotenfelt teki itsemurhan 3.4.1919.

Veera kasvoi ja varttui viisauteen. Ei hän mitenkään henkisesti jälkeen jäänyt ollut, päinvastoin elämän korkeasti kouluttama. Veera oppi vahvaksi, itsenäiseksi ja avarakatseiseksi – kuten itsenäistynyt Suomi. Ponnisteluja ponnisteluja jälkeen. Elämä aukeni Veeralle, hän tarttui mahdollisuuksiin, joita monet pitivät mahdottomina. Oli hän nähnyt paljon pahempaakin, ei sopinut sortua. Hän opiskeli historiaa, hänestä tuli erityisesti Suomen itsenäistymisen aikaan keskittynyt, menestynyt ja arvostettu tutkija. Omasta historiastaan hän ei puhunut, ei kirjoittanut, muisti vain.

Hän perusti onnellisen perheen opiskelukollegan, Ilkan kanssa. He eivät koskaan saaneet lapsia, niin oli Veeraa vahingoitettu lapsena.

Joka kevät, pitkän ja hyvän elämänsä aikana, toukokuun lopussa Veera kävi Västanfjärdissä teloitusalueelle pystytetyllä muistomerkillä ja haudalla äitiään kiittämässä.

Infotaulun vanhassa ja rakeisessa valokuvassa hän oli tunnistavinaan teloitustaan kohti kävelevien naisten jaloissa villasukkia, myös ne hänen neulomansa. ♣

MOI, TÄÄLLÄ ON KALLE!

Voi hitsiläinen, just kun mä sain unen päästä kiinni. Oli niin makeeta nukkua. Ja tuntematon numero, mut ei onneksi 44-alkuinen. Ne on kuulemma sellaisia, puhuvat vain englantia ja kun kerrankin sanoo 'yes', niin on jo tehnyt jonkun pitkäaikaisen sopparin, josta ei pääse millään eroon. Mut viime aikoina on tullut hauskoja soittoja monilta, joita ei oo mun yhteystiedoissa. Onnittelusoittoja, kun olen päässyt laitokselta. Oiskohan tämäkin sellainen. Jos mä kuitenkin vastaan, kun olen jo hereillä….

- Katri puhelimessa.
- Moi, täällä on Kalle. Sori, kun mä soitan näin myöhään. Kai sä vielä muistat, vaikkei me olla vähään aikaan puhuttukaan.
- Juu, muistanhan mä toki. Ruskeat silmät ja kaikki. On tota aikaakin kulunut monta…
- Kato Katri, kun me ollaan viettämässä Peten synttäreitä. Tultiin kavereiden kanssa kattoon matsia, HIFKin matsia ja ne voitti. Sori, kun kuuluu vähän huonosti. Me ollaan syömässä täällä Töölössä Mamma Rosassa, ihan lähellä sua ja on hirvee härdelli, kun noi fanit möykkää niin.

Ollaan ihan kuin tehosekoittimessa. Kuuluuko
sinne?
- Joo, ihan hyvin kuuluu, senkus puhut vaan. Ihan
kiva, kun soitit. Mitä muuta?
- Oli muuten huippumatsi, Pasi veti lisäajalla niin
komeen ylämummon ettei oo nähty aikoihin. Se
ratkas koko matsin ja sitä noi älämölöt nyt juhlii.
Kai sä tiedät, mikä ylämummo on. Sinne
vasempaan ylänurkkaan ja sinne se veti vielä
maalin takaa. Se oli ihan huikeeta! Mitäs sulle
kuuluu, viimeks kun tavattiin täällä Hesassa
monta kuukautta sitten, oliks sen kapakan nimi
Rymy-Eetu, niin sä taisit jutella jotain, että sä
pyrit kauppikseen. Eiks se ollu kevättä? Aika
menee yhessä hujauksessa, ihan niin kuin noi
laukaukset vastustajan maaliin.
- Näin se oli, kaunista kevättä oli ja kyllä mä pyrin
sinne Kauppikseen. Pääsin ja oon ihan kivasti
jotain suorittanutkin. Todella mun oma juttu,
niin mua. Proffat on asiallisia, uuden
koulukunnan heppuja, ne tajuu hyvin
nykymarkkinat. Mut sit mä oon pitänyt vähän
taukoo…
- Sori, nyt kuuluu tosi huonosti. Mä en kuule
oikein mitään. Mut hei voitaiskos me tavata,
vaikka huomenna. Me lähdetään stogella vasta
illalla Tampereelle ja ois koko päivä aikaa.
- Sehän sopii hienosti, olis todella kiva tavata.

- Katri, mun tarttee vissiin selittää, miks mä en oo
  vähään aikaan soitellu. Tai oikeestaan tää taitaa
  olla ihan eka kerta, kun mä soitan. Mähän juttelin
  sillo, et mulla oli se systeemi Lailan kanssa just
  finaalivaiheessa ja mä halusin sen pois alta.
  Mut…
- Joo, muistan sen hyvinkin. Enkä mä oikeastaan
  kovin ole tätä soittoa odottanutkaan, mutta ihan,
  kiva kun otit yhteyden.
- Sit siinä kävi niin. että se Laila olikin pamahtanut
  paksuksi ja meidän tartti vähän järkätä
  systeemejä. Laila on aika määräileväinen tyyppi,
  ei se suostunut aborttiin. Tais olla muutenkin jo
  liian myöhästä, en mä tiä. Ei me mitään oo
  riidelty, kaikki on loppujen lopuksi mennyt ihan
  ok, mut mä oon nyt isä.
- Oi, onneksi olkoon vaan isälle!
- Kiitti, joo mulla on semmoinen viiden
  kuukauden ikäinen, ihan kalju Siru-tyttö. Se on
  tosisöde, vaik en mä sitä ihan kauheesti tapaa.
  Laila taitaa pärjätä miljoona kertaa paremmin
  kahdestaan sen kanssa, mä vaan häsläisin siinä
  sivussa. Ja onhan mulla sitten tietty oma vapaus.
  Nasta juttu sekin. Pääsee kato kundien kanssa
  vaikka tänne stadiin. Sori, nyt kuuluu taas tosi
  huonosti…
- Tänne kuuluu ihan hyvin. Tuu vaikka huomenna
  puolen päivän aikaan. Sopiiko?

- Ai puolilta päivin. Pannaan sopimaan. Katri hei, onks sun osoite sama, se entinen?
- Sama on. Ja samalla mä voin esitellä tän Veikon sulle. Ihana kaveri.
- Apua, onks se Veikko niiden Aholoiden koira. Mä en oo sulle varmaan kertonu, että mä oon koirille tosi allerginen. Ja mä vähän pelkäänkin niitä, kun yks iso, sysimusta susikoira puri mua, kun mä olin ihan pieni, jotain kolme vee.
- Ei tää pure, nukkuu ihan rauhassa tossa korissaan. Ja se Aholoiden koirahan on labradoodle, ei sun tartte sitäkään pelätä eikä karttaa. Ne on allergiavapaita ja muutenkin se on lauhkee kuin lammasfarmi, ei pure eikä raavi. Tämä vain tiedoksi, jos tapaat Aholoita joskus.
- Selvä, mä tuun sitten huomenna puoliltapäivin, tosi kiva tavata taas pitkästä aikaa. Sori, varmaan paras lopettaa nyt, kun tää mökä on täällä ihan karsee.
- Tervetuloa, me odotetaan sua täällä ripset suorina.

Jippii, täytyy poiketa ostamaan pari kortsua. Kallen alapäässä kihelmöi ja kutkutti. Kivaa taas tiedossa, ihan huippua, niin Kalle luuli.

Katrin ei tarvinnut laskeskella, milloin hän oli viimeksi tavannut Kallen. Reilut yhdeksän kuukautta siitä oli. Kohta olisi kyllä itsekin ottanut Kalleen yhteyden. Eikä ollut suunnitelmissa purra eikä raapia, ei todellakaan.

Lämmin ja iloinen vastaanotto odotti, pikkuinen
ruskeasilmäinen yllätysnapero kainalossa.

- Tulepa Veikko-kulta tänne äiskän syliin, mä
annan sulle pienet maitohörpyt. Suoraan tissistä,
tuotantolaitoksesta. Jaksetaan sitten molemmat
nukkua enemmän kuin pari tuntia kerrallaan,
pliis, pliis. Ja olis tosi kiva, jos sä huomenna
voisit oikein kunnolla oksentaa isin - sorry,
kaksinkertaisen isin - paidalle ja kakkia
semmoiset löysät vihreät, mädän kananmunan
hajuiset kakat saman tien sen syliin. Laitankin
sinulle oikein pienet vaipat. Eikös juu, sovitaan
niin! ♣

VALKOINEN UNI

Taas ollaan autossa menossa lujaa jonnekin. Koko perhe
on mukana ja nyt ihan kummallisesti saan istua koko ajan
Sampan sylissä, mikä on ihanaa ja aika harvinaista.
Muuten tunnelma on vähän outo ja aika apea, kun kaikki
ovat hipihiljaa. Yleensä kuuluu kaikenlaista ääntä,
kinastelua ja kovaäänistä musiikkia nappuloista, joita
pidetään korvissa. Autoradiosta omiin korviini osuu usein
isojen ihmisten vakavaa puhetta. Se rauhoittaa jotenkin.

Tämä perhe on aivan huippu ja minulla on suuri onni,
kun pääsin tänne enkä vaikka johonkin niuhottajien
huusholliin, jossa on kaikille piukat säännöt eikä saa elellä
ja oleskella vapaasti. Me kaikki kyllä saadaan nauttia
elämästä täysillä. Naurua ja leikkiä on niin paljon, että
välillä minua väsyttää ihan hirveästi. Yritän kyllä olla
näyttämättä, että haluaisin mennä vähän huilailemaan ja
koetan jaksaa vaan. Välillä on pakko lätsähtää lattialle ja
vain huohottaa. Meillä minä saan joka yö nukkua jonkun
vieressä ihan miten haluan, joskus jopa pää toisen
kaulalla. Se on niin ihanaa. Olen kuullut kavereilta, että
tuo on luksusta. Toiset kaverit joutuvat nukkumaan aina
vain omassa pedissään ja toiset jopa ulkona, mutta se on
onneksi todella harvinaista. Kai he ovat siihen tottuneita.

Minun rakkaaseen perheeseeni kuuluu vanhempien
tyyppien lisäksi kaksi super upeaa nuorta. Samppa on iso
ja kiva, käy koulua ja potkii jalkapalloa. Minusta on
riemullista hakea pallo, kun Samppa heittelee sitä pihalla.
Sitten on vielä pieni Sini, hänkin on päivällä koulussa. Sini
pitää minusta hyvää huolta ja kuiskii korviin salaisuuksia.
Tiedän tasan tarkkaan, ettei hän kerro niitä juttuja muille
kuin minulle. Hän on neulonut minulle punaisia
kuviollisia talvipusakoita, joita voisin mielelläni pitää
vaikka lämpimilläkin ilmoilla. Ne on niin sopivia minulle.
Sini harjaa minua ja pesee. Siitä en niin kauheasti itse pidä,
tulee kaikki paikat niin märiksi.

Molemmat lapset käyvät minun kanssani ulkona, vaikka
välillä kuulenkin jotain kinastelua. Eivät he oikein
ymmärrä, että ei minulla mikään kiire ole. Olen jo ihan
aikuisen iässä ja osaan käyttäytyä kunnolla ja järkevästi.
Ulos mennään silloin, kun se kaikille sopii.

Kutsuvat minua Napiksi, olen kuulemma kultainen
noutaja. Olen vissiin aika vanha. En ymmärrä
semmoisesta asiasta kuin aika yhtään mitään, mutta hyvin
ymmärrän mitä nyt on. Aina on nyt ja se riittää minulle.
Se on oikeastaan oikein hyvä ja minusta se voisi todella
hyvin riittää kaikille. Enkä osaa puhua, osaan vain inistä ja
hyristä, kun olen poikkeuksellisen onnellinen. Ja niin on
usein. Olisi minulla paljon juteltavaa, mutta ehkä näin on
parempi, vaikka yhtään pahaa sanaa en noille sanoisi.
Kiittelisin todella usein ja kaikkia, mutta toivottavasti

ymmärtävät ilman sanojakin. Haukkua osaan myös, mutta minusta se on turhaa meteliä.

Välillä olen vähän mietteissäni, kun näen jonkun olevan surullinen, jopa itkevän. Mikähän silloin on vialla, sitä en ymmärrä. Yritän silloin olla oikein lähellä, jos vaikka lämpö lohduttaisi. Voin vaikka pikkuisen nuolaista poskea ja toivon, että se vähän naurattaa, tuo iloa.

Viime aikoina kyyneleitä on ollut kummallisen paljon, niinkuin nytkin autossa. Jos oikein tarkkaan katson, niin kaikkien silmissä kimmeltää enkä ymmärrä siitä oikein mitään. Mutta ei se minulle kuulukaan. Koetan ajatella jotain mukavampaa.

Nuo perheeni vanhemmat tyypitkin ovat hirmuisen ihania ja kilttejä kaikille. Eivät ole olleet koskaan minulle vihaisia. Ovat aika paljon poissa kotoa, mutta kai siihenkin on syynsä. Välillä kyllä heidän kesken tulee jotain riidalle tuntuvaa, he puhuvat kovalla äänellä ja vaikuttavat vihaisille. Minä kun en ymmärrä ajasta mitään, mutta sellainen huono tunnelma toistuu jotenkin säännöllisesti. Ja siihen liittyy aina semmoista, että molemmat vanhemmat ovat koko illan kotona ja istuskelevat nojatuoleissaan. Silloin heillä on varmasti kova jano, kun heidän täytyy juoda monta lasillista jotain läpinäkyvää juomaa. Juoma on varmasti sellaista, että se vaikuttaa heikentävästi kuuloon, kun aina vähän ajan kuluttua he joutuvat korottamaan ääntään, jopa joskus huutamaan. Silloin minua vähän pelottaa, vaikka en näytä sitä mitenkään. Hyppään vaan Sampan tai Sinin sänkyyn,

siellä on turvalliset tuoksut ja minun on hyvä ja
turvallinen olla.

Minun on muutoinkin todella hyvä olla, sillä saan
herkullista ruokaa eikä minun ole pakko joka päivä syödä
pelkästään sellaisia kovia nappuloita. Retkille ja matkoille
pääsen aina mukaan. Eniten pidän metsäretkistä ja
varsinkin sellaisista, joissa kerätään sieniä. Kerran kuulin,
kun ne vanhemmat tyypit meinasivat lähteä sieneen ilman
minua. Päätin, että lähden mukaan ja hyppäsin auton
etupenkille. Siinä istuin enkä liikahtanutkaan, leikin etten
ymmärrä mitään, katselin vaan ikkunasta ulos - ja pääsin
mukaan. Minua vähän hymyilytti, vaikka en edes osaa
hymyillä.

Kerran metsässä sieniretkellä minua pisti joku madon
oloinen tumma luikertelija ja minä tulin aivan hirveän
kipeäksi. Mutta sitten Samppa tunki minun suuhuni
jonkun valkoisen pienen pillerin ja se paransi minut
kokonaan. Jos metsässä näen tai haistan samanlaisen
luikertelijan, juoksen lujaa ihan toiseen suuntaan.

Onkohan minua viime aikoina kuitenkin vahingossa
tuommoinen luikertelija päässyt pistämään, kun minulla
on ollut aika huono olo. Välillä olen jaksanut vähän
muutakin kuin nukkua, mutta enimmäkseen olen vain
lepäillyt jonkun ihanan perheenjäsenen sängyssä. Ruoka ei
ole maistunut ollenkaan, vaikka olen saanut herkkuja,
siankorviakin. En ole näyttänyt huonoa vointiani ja kipuja
kenellekään. Olen yrittänyt olla oikein urhea. Ovat
puhuneet jotain, että olisin 14-vuotias, mutta vuosistahan

en ymmärrä mitään. Onkohan se hirveän paljon. Samppa on vienyt minut aika monta kertaa oikein mukavan sedän luokse, joka on painellut ja tutkinut minua joka puolelta. Hän on oikein rauhallinen ja turvallinen, osaa kosketella pehmeästi tärkeistä, tosi kipeistä kohdista.

Mutta nythän me olemmekin taas tuon mukavan sedän luona. Kun en itse jaksanut kävellä, Samppa kantoi minut sylissään ja tosi reippaasti hän nosti minut oikein hienon pöydän päälle. Kaikki muutkin ovat tässä somasti pöydän ympärillä ja silittävät minua. Tuntuu mukavalle. Kyllä minä heitä niin kovasti rakastan. Taidanpa katsoa kaikkia nyt vuorotellen silmiin, jotta he varmasti sen ymmärtävät.

Nyt tuo setä rapsutti vähän karvoja pois ja otti pikkuisen piikin esille. Ai, tuo pistos tuntui vähän siltä kuin se paha luikertelija olisi taas pistänyt minua. Mutta kylläpä minulle tuli heti raukea olo, ei enää koske mihinkään, väsyttää vain kovasti. Olen jossain ihanan pehmeässä paikassa, näen vain kaikkialla valkoista, kuulen kaunista hiljaista pianomusiikkia. Oi kun minun on hyvä olla… ♣

ME TEHDÄÄN ISILLE YLLÄTYS

Mikä herkullisen kutkuttava tunne. Tätä hetkeä ja tilaisuutta Terttu oli odottanut jo kauan, vähän pelännyt eikä aina ollut uskaltanut uskoa, että se koskaan koittaisi. Suoraan rysän päältä, ei pakotietä, yksinkertaisesti unelmien täyttymys. Mutta onnistuisiko tämä väijytys, olisiko se mahdollinen.

Nyt eivät auttaisi selitykset eivätkä typerät valheet, niihin Terttu oli perinpohjin kyllästynyt. Aina oli löytynyt muka joku ammatillinen meno. Tai sitten tuotekehittely ja jalostus olivat vaatineet matkoja, yöpymisiä poissa kotoa.

- Ei voi muuta, on mentävä ja seurattava aika, oltava kärjessä, vähintään top kolmosessa jos ei ykköseen yltänyt. Muuten putoaa kärryiltä ja kilpailijat ajavat ohi kuin punaiset Ferrarit Monzan radalla, selosti Pertti silmät kirkkaina ja otsa hiessä Tertulle.

Oli Pertti hyvä mies - lukuun ottamatta muutamia seikkoja. Hän oli patologinen pettäjä ja valehtelija. Charmantti ihmissuhteiden alussa. Liikkeenjohtajana kova ja tunteeton. Isänä poissaoleva ja ankara. Ystävänä pinnallinen ja itsekeskeinen. Isäntänä illanistujaisissa tylsä esitelmöijä. Aviomiehensä pihi, pikkumainen ja epäluotettava. Mutta rakastajana, ah niin hellä, hauska ja huomaavainen. Pertti oli oikeastaan kaiken kukkuraksi laiska, sillä irtosuhteita hän nappasi ensisijaisesti firmastaan. Miksi nähdä enemmän vaivaa, kun kaikki kävi niin näppärästi liikkeenjohtamisen yhteydessä. Mutta siis muuten mukava mies.

Sihteeri, Leila-Maria, pikkuinen söpöläinen, jolla oli päinvastainen käsitys suhteen synnystä, hänet oli isketty. Rakkaus roihusi juhannuskokon lailla.

Kiusallista oli, että Leila-Maria oli alunperin Tertun hyvä ystävätär. He olivat koulukavereita jo alakoulusta, mutta nyt oli luottamus mennyt. Terttua loukkasi myös, että Leila-Maria piti edelleen häntä hyvänä ystävänään, uskoutui hänelle moninaisista vaikeuksistaan - haasteistaan kuten nykyään tuli ilmaista - vaikka koko ajan petti häntä.

    - Voi Terttu, nyt on kerrottavana outo juttu. Ero tuli. Mies on lähtenyt lätkimään, muuttanut pois. Ei selityksiä, kimpsut ja kampsut kainaloon ja uuteen kotiin. Ilman ennakkovaroitusta, kylmästi ja yllättäen, uskoutui Leila-Maria Tertulle heti tultuaan kolkkoon kotiinsa. Hän oli joutunut tuijottamaan tyhjiä vaatehyllyjä ja kenkätelineitä mitään ymmärtämättä, kunnes totuus oli hänelle pikkuhiljaa valjennut.

- Ota rauhallisesti, sehän on menetys vain tuolle
hölmölle miehelle. Kyllä tällaiset yllätykset
puskista ovat todella raukkamaisia, ei olisi
uskonut siitä nahjuksesta. Välillä näytti
ulkopuolisesta siltä, että jo nojatuolista
nouseminen vaati ylivoimaista aktiivisuutta,
lohdutteli Terttu, vaikka piti omia puheitaan
täytenä potaskana ja aavisti, mistä kenkä puristi.
Oli tainnut Leila-Maria jäädä kiinni, eikä ihme.

Lemmenpari luuli toimivansa muiden tietämättä, väärin
luuli.

Sanallakaan Leila-Maria ei tullut ikinä maininneeksi, että
hän sai Pertin firmasta muutakin kuin ruhtinaallisen
palkan. Sai lämpöä ja lempeä, ilmaisia matkoja ja luksusta,
jännitystä ja piristystä elämään. Ja paljon seksiä. Ei
tuntenut Leila-Maria huonoa omaatuntoa eikä
vilpillisyyden taakkaa. Ei, vain hänen miehensä äkkinäinen
poismuutto oli loukannut itserakasta sydäntä.

Työpaikan Leila-Maria oli saanut Tertun suosituksesta,
unohti höyryissään kiittää siitä.

Firma oli tekemässä erittäin suurta kauppaa, josta Pertti
oli saamassa pimeänä miljoona euroa, riihikuivina
seteleinä ruskeassa, vanhassa ihanalta tuoksuvassa
nahkasalkussa. Elettiin jännityksen aikoja joka puolella.

Koska aviopuolisoilla ei ollut avioehtoa, olisi messevästä omaisuudesta puolet Tertun omaa - ja millin veropetos hyvää kauppatavaraa. Pertti oli silloin tällöin ottanut esille, että heidän pitäisi vihdoin tehdä avioehto, jotta Terttu ei joutuisi vastaamaan firman veloista.

-   Juu, juu, jahka tässä tuumataan, oli Terttu aina myötäillyt vaisusti.

-

Huijausta, kyllä Terttu tiesi, että firma vastasi omista veloistaan. Tertun nimi ei ollut missään velka- tai panttauspapereissa. Pertti vaan yritti taas tavan mukaan sumuttaa, olihan omaisuus hänen nimissään. Ajan kuluessa heidän omaisuutensa oli kasvanut, velat vähentyneet ja talous tasapainottunut. Nyt oli tulossa superkauppa, vihdoinkin jättipotti ja pimeä milli.

Kaupanteon aika koitti, Pertti kertoi siitä innokkaasti, ei maininnut enää pimeästä kauppahinnasta, matkusti Helsinkiin. Luuliko, että Terttu ei uskonut pimeään milliin. Tuli silmät säihkyen takaisin monisivuisen kauppakirjan kanssa, oli allekirjoituksia ja leimoja, oli todistajia ja todistajien todistajia. Oli mukana tuoksuva nahkasalkkukin. Se piti piilottaa takkapuiden taakse alakerran uima-altaan viereiseen takkahuoneeseen. Päivittäin sitä kävivät kurkistelemassa Pertti - ja varmuuden vuoksi Terttu. Ei miljoonaa euroa noin vain jätetä vartioimatta

Hyviä kauppoja täytyi juhlia kotona kuohuviinin kanssa.
Terttu vallan yllättyi, että hän sai näin suurta anteliaisuutta
ja juhlavuutta osakseen. Kippis ja kulaus hyville kaupoille!

- Harmi, mutta nyt taas on välttämätön it-alan
  seminaari Kööpenhaminassa. Pakko lähteä näin
  nopealla aikataululla ja ihan yksin, pahoitteli
  Pertti pakatessaan paitoja ja kalsareita
  matkalaukkuun. Kiirekin oli.
- Mikäs siinä, on sitten lähdettävä. Harmi, ettet saa
  seuraa, firmassa taitaa olla meno päällä. Minkäs
  teet, iso pomo kun olet. Ota sieltä halkopinon
  takaa nahkasalkusta pikkunippu, niin matka
  tuntuu mukavammalle ja voit nautiskella
  ansaitusti, rohkaisi Terttu ketunhäntä kainalossa.

Rajansa kaikella, sanoi kartanpiirtäjä. Nyt oltiin Tertun
mielestä rajalla, oikeastaan se oli reippaasti ylitetty. Kosto
koittaisi, kunhan lentokone Kööpenhaminasta laskeutuisi.
Ja sitten rysähtäisi.

Ei Terttu koskaan uskonut, että matka pitäisi yksin tehdä.
Eihän toki, hän oli fiksu, piti korvat ja silmät auki,
suunnitteli suuria. Samalla matkalla oli tietysti Leila-Maria,
pitihän pariskunnan juhlia hienoja kauppoja, joita oli jo
kauan yhdessä hierottu. Maaliin oli saatu arvokas sopimus
pitkien neuvottelujen ja molempien yhteisten fyysisten ja
psyykkisen ponnistelujen jälkeen. Leila-Marian pieni,
lehmuksenvihreä auto oli piilotettu firman takapihalle,
mistä Terttu oli sen hoksannut ja varmistanut vielä

henkilökunnalta, että molemmat olivat samaan aikaan
poissa firmasta. Oli eri selityksiä poissaoloille, oli toisen
kissanäyttely Irlannissa ja toisen it-seminaari
Kööpenhaminassa. Mitättömän salapoliisityön jälkeen
Terttu oli saanut selville, että pariskunta oli karistanut
Skandinavian pölyt Samsonite-matkalaukuistaan ja oli
yhdessä Seychelleillä nauttimasta - no, mistä tahansa.
Sitten oli ollut helposti selvitettävissä, milloin pitkän
matkan lentokone saapuisi Seutulaan, kun paluupäivä oli
tiedossa.

-    Hei mukulat, nyt pannaan parhaat kesähepenet
     päälle ja tehdään isille iso ylläri, me mennään isiä
     vastaan lentokentälle. Ei isi osaa yhtään aavistaa.
     Tästä tulee tosi kivaa. Jos joudutaan odottamaan,
     saatte kentällä jätskit. Jippii, satuili Terttu lapsille
     ja puki päälleen pitsistä, kauneinta kesäleninkiä.

Riemun kiljahduksia, lapset rakastivat yllätyksiä,
vaatteiden vaihtoa, nahistelua kuka saa tällä kertaa istua
etupenkillä. Ja menoksi!

Lentokone ei ollut myöhässä, odotus kutkutti Tertun
vatsassa. Loistavaa, tästä tulisi hauskaa. Käsi lasten selän
ympärille, selkä suoraksi, hymy huulille, iloinen Ilford-
ilme kasvoille ja haukan katse etsimään Perttiä. Tertulla
oli voittajafiilis, nyt se tapahtuisi. Karkuun ei voisi enää
päästä millään, vai voisiko…

Sieltähän saapuivat somasti ruskettuneet Pertti ja Leila-Maria käsi kädessä, ne häpeämättömän varomattomat kyyhkyläiset unelmalomaltaan. Terttu näytteli sujuvasti, ettei hän ollut huomannut sivuun vikkelästi luikahtanutta rakastajatarta, ja toivotti miehensä lämpimästi tervetulleeksi Suomeen.

- Isi, toitko meille tuliaisista? kyselivät lapset ja piirittivät paniikissa olevan isänsä.

Valitettavasti isillä oli ollut seminaarissa niin kiire, etteivät tuliaiset olleet juolahtaneet mieleen – taaskaan. Auto koko kotimatkan täynnä selityksiä ja sopertelua.

- Minulla on asiaa alakerrassa. Tule sitten heti takkahuoneeseen juttelemaan, ilmoitti Terttu kotona määrätietoisesti.

Pertti tuli, noloissaan, pyysi kovasti anteeksi, harmitteli tätä ainutkertaista hairahdustaan, pitäisi unohtaa erhe nopeasti. Syytti hienoja kauppoja, jotka olivat sekoittaneet hänen harkintakykynsä totaalisesti.

- Kuule Pertti, nyt ei enää anteeksipyyntö auta. Minä tiedän paljon, paljon enemmän kuin voit edes arvata. Saat valita aivan vapaasti, joko avioero välittömästi tai sihteerille potkut yhtä välittömästi. Ihan sama minulle. Minä pidän joka tapauksessa pimeän millin kokonaan itse tai muuten ilmoitan siitä ja muutamasta muusta

verovilpistä verottajalle, latasi Terttu selvät
sävelet miehelleen, sarjapettäjälle ja huijarille.

- Mitä helvettiä, ethän sä noin voi…., yritti Pertti
väliin.
- Ole ihan hiljaa Pertti niitten helvettiesi kanssa,
minä puhun nyt ja vielä on paljon asiaa. Ne pari
kymppitonnia, jotka ovat varmasti iloisesti
kuluneet Seychelleillä, ovat osuutesi. Tästä ei
neuvotella. Saat valita ja miettiä, miten törkeästi
olet vuosikausia minua ja lapsia kohdellut,
pettänyt ja huijannut. Valehdellut suut silmät
täyteen ja olet vielä kuvitellut, etten muka mitään
huomaa. Jo sinulle irvistelevät Hangon
naurulokitkin, saneli Terttu sydämensä
kyllyydestä. Vihdoin suu puhtaaksi ja suomut
silmiltä.
- Tuohan on jo rikollista…, yritti Pertti taas.
- Vajaa milli on naurettavan piskuinen
vahingonkorvaus. Varmuuden vuoksi olen
tyhjentänyt nahkasalkun ja piilottanut rahat
paikkaan, josta et niitä koskaan löydä enkä sitä
paikkaa sinulle ikinä, ikinä kerro, jatkoi Terttu
täysillä.

-

Puupinossa odotti tyhjä nahkasalkku. Oli siellä kuitenkin
piirros, Terttu oli piirtänyt hymiön, nauruun tikahtuvan
kyynelsilmäisen keltaisen pallinaaman.

Pertti istui apaattisena. Ei osannut ymmärtää, että piti valita oman avioeron tai sihteerin potkujen välillä. Oli sanaton ja rahaton, maaton ja munaton. Ei saanut mitään sanotuksi. Siinä istui mies, joka oli saanut ei vain halolla vaan koko halkopinolla päähän.

Seuraavasta viikosta alkaen Leila-Mariaa ei enää näkynyt firmassa, vähin äänin ja huomaamatta uudet tuoksut valtasivat sihteerin kopin. Pertti yritti johtaa yritystä, mutta suurin puhti oli tipotiessään.

Kotona alkoi olla vaitonaista, keskustelut kuihtuivat alkuunsa. Se avioliittotarina oli tullut viimeiseen pisteeseen. Terttu ja lapset eivät voineet hyvin. Löysivät uuden iloisemman alun naapurikunnassa, heidän oli pakko riuhtaista itsensä irti ja panna viralliset asiat kuntoon. Koulut ja koti uusiksi.

Haastemies kävi tapaamassa Perttiä, perheoikeudellista asiaa, avioero, hakijana Terttu. Harkinta-ajan jälkeen Terttu ja Pertti olivat toisistaan vapaat. Seuraavan kerran sama haastemies taas tavoitteli Perttiä, tälläkin kertaa Tertun hakemuksesta. Nyt oli pesänjakajan toimesta jaettava entisten puolisoiden yhteinen, suurehko omaisuus. Pertti joutui eronneena ja köyhtyneenä miehenä repimään vähäisiä harmaita hiuksiaan.

- Jos haluat tavata lapsiasi, tervetuloa New Yorkiin ihan milloin vain, meidän koti on tästä lähtien siellä. Kun tiemme erosivat, on kuule aurinko paistanut täydeltä laidalta. Vielä voitettiin arvonnassa green cardit ja meillä on siis pysyvä

oleskeluoikeus Yhdysvalloissa. Kun oikeus
toteutui myös raha-asioissa ja sain pesänjakajan
hyvin suorittamassa osituksessa kohtuullisen
osuuden yhteisestä omaisuudesta, me pärjätään
oikein hyvin. On reilusti laillistakin rahaa
kouluttaa lapset, iloitsi Terttu osituksen saatua
lainvoiman. Ei heistä kumpikaan jaksanut enää
rahoista tapella.

Elämä ei Pertin kannalta sujunut seuraavina vuosina kuin
Strömsössä, vaikka heti Tertun poistuttua kuvioista Leila-
Maria oli kipsutellut iloisena takaisin lohduttamaan häntä.
Ei Pertti oikeastaan kovin surullinen ollut. Eteenpäin
elävän mieli, hän ajatteli.

Vaikutusvaltainen liikemies tarvitsi vaimon ja epäröimättä
Leila-Maria vastasi myöntävästi. Henkikirjoittajan
pikainen vihkiseremonia Pertin palavereiden lomassa ja jo
vasemmassa nimettömässä kimalteli herneen kokoinen
timantti Leila-Marian vihkisormuksessa.
Kuherruskuukaudet oli vietetty moneen kertaan
aikaisemmin.

Yhteiselo sujui ja ei sujunut. Kerran petturi, aina petturi,
sen sai myös Leila-Maria kohtapuoliin huomata, vaikka
hän yritti olla kuinka hemaiseva, iloinen ja ymmärtäväinen
tahansa. Ei tuntunut mikään riittävän Pertille, mies oli ja
pysyi tyytymättömänä. Vaikeaksi ja hankalaksi urautui
yhteiselo. Oli taas niitä muita, vieraita neitokaisia riitti.

Kolmen vuoden kuluttua jo tutuksi käynyt haastemies oli jälleen tavoittelemassa Perttiä, perheoikeudellinen asia. Avioero, hakijana nyt Leila-Maria. Ei auttanut mikään, taas ero ja ositus edessä. Rutiinia Pertille. Ei tarvinnut repiä hiuksia, oli mies jo kaljuuntunut.

Eronnut ja vapaa Leila-Maria tilasi menolipun New Yorkiin. Tertun, kohtalotoverin ja luotetun, lähes ainoan ystävän luo. Siellä kuulemma kaikki sujui, elämä oli mallillaan ja mukavaa. Helppo unohtaa huonot asiat, petokset ja pettymykset aikaisemmassa elämässä. Ei tarvittu paluulippua. ♣

ANOPIN LIUKAS KIELI

Lapsena ajattelin usein, että meidän kotona on kaikki ihan
huiskin haiskin, päälaellaan ja vinksin vonksin. Kun
ulkona satoi, jyrisi ja salamoi, meillä sisällä paistoi
aurinko. Useimmiten taas täsmälleen toisinpäin, kun
ulkona oli kaunis, ihana auringonpaiste, meillä oli sisällä
kaatosade ja myrsky. En minä silloin pienenä poikana,
kuopuksena osannut ajatella, miten olisi hyvä ollut. Ei
ollut paljoa, mihin verrata. Oli vain meidän perhe. Ja isän
läheiset tietysti, Pohjanmaan tomeria ja päättäväisiä
ihmisiä.

Nyt, kun olen saanut lopullisen diagnoosin ja tiedän, että
aikani on lyhyt ja rajallinen, nousee muistoista erityisesti
Mumma, isän äiti. Oppimaton kansan ihminen, ahkera ja
ankara. Toisilla muistoihin nousevat viisaat,
hyväntahtoiset ja lämpimät pullantuoksuiset isoäidit,
joiden luokse oli hyvä mennä. Lohtua ja ymmärrystä,
elämän viisautta ja iloa pikkuisille lapsenlapsille, aina
hyväntuulisesti ja lempeästi. Ei meillä, oli taas vinksin
vonksin.

Tunnen vieläkin outoa käsittämättömyyttä, en voi ymmärtää sitä katkeruutta ja nurjamielisyyttä, mitä lapsenlapset saivat Mumman taholta jatkuvina moitteina ja alistamisena kokea.

Isä ja äiti olivat usein poissa kotoa, yhdessä ja yksin. Tarvittiin Mummaa. Mitä pienempiä minä ja pikkusiskoni olimme, sitä useimmin leveäperäinen Mumma astui eteiseen ja toi oman tyynynsä mukanaan. Siitä tiesi, että vierailu kesti monta päivää ja yötä. Osasimme yleensä käyttäytyä, mutta kaikkea emme hoksanneet.

Isän poissa ollessa Mumma kutsui minua aina äpäräksi. Vaikka sana kuulosti rumalta ja se lausuttiin niin, että sylki roiskui hampaiden välistä, ajattelin sen kuitenkin tarkoittavan jonkinlaista lempinimeä. Ei sitä voinut äidin kuullen lausua. Vasta myöhemmin, useiden vuosien kuluttua oivalsin. Mumma syytti minua poikansa ensimmäisen avioliiton kariutumisesta. Olin saanut alkuni synnistä, kuten hän asian runollisesti ilmaisi, ja aiheuttanut näin korvaamattoman katastrofin. Kun pientä lasta ei muuten voinut rangaista syntymästään, voi häntä hyvällä syyllä kutsua äpäräksi.

Mumma oli vain vaivoin kansakoulun käynyt, oli syntynyt 1800-luvun lopulla. Kehittyvä Suomi aiheutti hänelle ja hänen pohjoispohjalaiselle moraalilleen jatkuvaa ristiriitaa. Hurskas ajatusmaailma, säännölliset kirkossa käynnit ja raamatun luku olivat Mumman tukipylväät. Kun noin toimi, oli hyvä ihminen Jos ei, oli huono ihminen. Yksinkertaista. Hänen oli täytynyt huomata, että hänen maailmansa ei vastannut ympäristössä tapahtunutta kehitystä eikä muiden käsitystä hyveellisestä elämästä. Ehkä hampaiden välistä roiskuva sylki oli merkki katkeruudesta yleensä, ei varsinaisesti minua eikä poikansa pakollista avioeroa kohtaan. Ei suuret sanat suuta halkaise, ja minäkin pystyin hyvin tämän sananlaskun turvin elämään hänen käyttämänsä lempinimen kanssa. Muilta sain toisenlaisia lempinimiä.

Mumman meitä hoitaessa tiesimme muutamia tärkeitä periaatteita. Piti tehdä kotitöitä ahkerasti. Jos joskus harvoin kerkesi lukemaan, piti ainakin pitää huoli, että valoa oli riittävästi, etteivät silmät sokeudu. Lukuasennon tuli olla hyvä, ei saanut maata röhnöttää, ettei selkä mene poikki. Romaaneista sai vääriä vaikutteita. Jos istahti pitkäksi aikaa, piti välillä nousta seisomaan ja tehdä kyykkyjä.

- Istuminen tappaa, pelotteli Mumma.

Itse hän ei pitänyt romaanien lukemisesta eikä television katselusta, ne olivat syntiä samoin kuin ylenpalttinen peiliin kurkistelu. Vuosien varrella ymmärsin, että lukeminen oli hänelle hankalaa ja hidasta. Hän ei pystynyt seuraamaan televisiosta ulkomaisia elokuvia, koska ei kerennyt lukea repliikkejä. Kieliä hän ei ollut koskaan tietenkään opiskellut - eikä edes kuullut puhuttavan.

Nyt, kun olen kuullut lääkäriltäni kohtalokkaan uutisen, mieleeni tunkeutuvat nuo kummalliset muistot. Muistot, joilla ei ole enää mitään merkitystä ja joilla ei koskaan ole ollutkaan suurta merkitystä. Huomaan ikäväksi yllätykseksi, että ne ovat kuitenkin tehneet sieluuni vahvan vaikutuksen. Ajatukset kulkeutuvat vanhoihin aikoihin, ei niitä osaa säädellä.

Kerran Mumma oli ostanut maalla kierteleviltä mustalaisilta valkoisia pitsiliinoja, pieniä pyöreitä ja käsin virkattuja. Pikkusiskoni, eloisa ja iloinen, nappasi liinoista yhden ja juoksenteli kotona pitkin ja poikin pitsiliina päässään, tanssahteli ja lauleskeli. Saattoi naureskellakin. Minulla on vieläkin muutama mustavalkoinen valokuva onnellisesta ja kauniista pikkusiskosta pitsiliina harvoilla kiharaisilla lapsen vaaleilla kutreilla. Mutta Mumma loukkaantui, hänen tuliaisiaan pilkattiin ja halveerattiin. Mumma istui pitkään eteisen tuolissa, suu supussa ja tuima ilme silmissä, ei tullut peremmälle, paheksui väärää ilonpitoa.

Kai hän jossain vaiheessa leppyi. Ei ole enää aikoihin siinä eteisen tuolissa istunut, on mennyt manan majoille jo vuosia sitten. Rauha hänen muistolleen ja piinatulle sielulleen. Olisi totisesti ollut hänellekin helpompaa, jos hän ei olisi elänyt tätä ainokaista elämäänsä niin ahdasmielisesti, olisi löysännyt kureliivien nyörejä. Olisi voinut sisällä antaa auringon paistaa aina.

Kerta, joka väistämättä palautuu mieleeni, liittyy sikaan.

- Tulkaa lapset katsomaan, nyt se sika tulee, huusi Mumma meille kerran, keskellä kaunista keväistä auringonpaisteista lauantaipäivää, kun vanhemmat olivat taas olleet joissain poissa.
-

Muistan niistä ajoista vain hajanaisesti sen, että isän firmassa oli ollut jotain pitkäaikaisia vaikeuksia, ehkä rahahuolia tai jotain, en ole varma. Kuukausien ajan vanhemmat olivat yhdessä joutuneet tekemään pitkää päivää, reissaamaan ympäri Suomea ja tekemään olohuoneen pöydän ääressä laskelmia. Huonolla tuulella ja hermostuneita olivat olleet jatkuvasti ja äiti oli itkeskellytkin. Hänen oli pitänyt hoitaa lisäksi omatkin työnsä ihan muualla. Mumma oli silloin paljon meitä hoitanut, kun vanhemmilla oli ollut muuta, rasittavaa mielessä. Me lapset hiippailimme varpaillamme ja yritimme olla näkymättömiä. Oletan, että siinä onnistuimme, koska ei Mumman kanssa koskaan mitään riemujuhlaa pidetty. Silloin lauantaina isä oli tullut autolla jo aikaisemmin kotiin ja kertonut, että äiti jäi ryyppäämään. Tuo sana jäi mieleeni, koska en sitä täsmällisesti ymmärtänyt, aavistelin että se varmasti liittyi alkoholiin ja että se oli jotain huonoa. Ei meillä kotona alkoholia ollut eikä kukaan sitä juonut, ryyppäämisestä puhumattakaan. Ei käytetty alkoholia kotona eikä juhlissa. Uskonto kielsi sen - ja Mumma.

Pihaan ajoi iltapäivällä taksi, jossa oli naapuritilan pariskunta ja äiti, hoippuen ja horjuen näin hänen nousevan autosta naapurin sedän tukemana. Hän oli selvästi huonossa kunnossa.

- Senkin sika, sähähti Mumma äidin astuessa
eteiseen ja suunnatessa epävarmasti
makuuhuoneeseen nukkumaan pois humalansa.

Kuulin keskustelun, jossa Mumma kehui isää, että tämä
oli jättänyt äidin juhlaseurueeseen, ilmeisesti siis
ryyppäämään, ja oli itse lähtenyt kotiin. Oli synnillistä
viettää tuollaista elämää, poika oli toiminut oikein. Isä ja
Mumma olivat absolutisteja.

Meni vuosia, kun äiti ja Mumma seuraavan kerran
puhuivat toisilleen.

Tuosta lauantaista tuli elämää suurempi asia, jäi
vaivaamaan kaikkia, kukaan ei osannut puhua siitä eikä
selvittää, mitä ja miksi kaikki oli tapahtunut.

Vuosien varrella en voinut unohtaa tapahtunutta ja oli
pakko kysyä naapuripariskunnalta. Kyseessä olivat olleet
paikallisen K-kaupan vuosijuhlat, oli juotu kohtuullinen
määrä kuohuvaa ja äiti, joka oli täysin tottumaton
alkoholin käyttäjä, oli kahden lasillisen jälkeen humaltunut
selvästi. Isä oli hävennyt äitiä, moittinut kuuluvasti ja
vaatinut mukanaan kotiin. Äiti oli ollut hilpeällä tuulella,
kuulemma pitkästä aikaa oli juhlan aika isän firman
vaikeuksien selvittyä juuri samoihin aikoihin. Ei hän
suostunut lähtemään kotiin, nyt piti päinvastoin olla
muiden seurassa ja iloita. Isälle ja äidille oli tullut riita,
jonka kaikki lähellä olleet olivat kuulleet ja nähneet.

- Jää sitten tänne ryyppäämään, oli isä huutanut äidille ja kaasuttanut pois.

Sitten äiti oli alkanut voida huonosti, olisiko ollut jokin yhteensopimattomuus lääkkeiden kanssa tai vastaavaa. Naapuripariskunta oli vienyt äidin kotiinsa, missä tämä oli nukkunut vähän aikaa, mutta heti herättyään halunnut lähteä kotiin. Kotiintulon me sitten näimme ja kuulimme Mumman tervetulotoivotuksen. Äiti toipui lauantaipäivän kuluessa ja pyysi meiltä anteeksi käytöstään. Ei tainnut sen koommin juoda alkoholia, luulisin. En ainakaan koskaan nähnyt.

Miten kummallisia ja etupäässä ikäviä muistoja lapsuudesta minulle palautuu pintaan. Miksi ne pulpahtavat nyt vuosikymmenien jälkeen esille. Ei noin murheellisia asioita tarvitsisi muistaa eikä varsinkaan yksityiskohtaisesti muistella.

Eteisestä tuli vielä mieleen, että se oli aina isän tullessa kotiin hyvä merkkipaalu osoittamaan, millä tuulella hän oli. Äiti oli kenkäfriikki, meillä oli aina paljon, kauniita kenkiä. Joka asuun oli sopivan väriset ja iloiset kengät. Selvää oli, että eteinen oli pullollaan kenkiä, pieniä ja isompia, jokaiselle joitakin. Kun isä oli huonolla tuulella kotiin tullessaan, hän potkiskeli kengät ympäri eteistä ja moitiskeli meitä suureen ääneen, kun emme osanneet pitää mitään järjestystä missään. Yleensä isä oli huonolla tuulella ja kengät lentelivät.

No, ei hänen omassa järjestyksessään kehumista ollut.
Koko perheen voimalla saatiin jatkuvasti etsiä
maksamattomia laskuja tai allekirjoitettuja sopimuksia
sanomalehtien seasta. Yleensä niitä ei löytynyt.

Kun nyt tänään pahat epäilykseni ovat vahvistuneet ja
tiedän, että hoidot on tehottomina lopetettu, on minun
kerrottava Sakarille ikävät, lopulliset uutiset. Sakari on
monivuotinen kumppanini, me olemme homoja, isolla
hoolla. Vajaa kaksikymmentä vuotta sitten tutustuimme
kunnan kirjanpito-osastolla, siis taloushallinnossa. Me
pidämme numeroista, ne puhuttelevat meitä. Niitä on
helppo hallita, ne ovat täsmällisiä, eivät moiti eivätkä
moralisoi. Ystävystyimme heti ja pikkuhiljaa
ymmärsimme toisiamme aina vain paremmin.
Rakastuimme. Perustimme yhteisen tilitoimiston ja
saimme sen menestymään. Myös yhteisen kodin
perustimme ja saimme senkin menestymään. Olemme
asuneet yhdessä kaikki nämä vuodet, onnellisesti ja
iloisesti, meillä on naurettu paljon, erityisesti itsellemme.
Se tekee hyvää. Mutta kukaan suvustani ei ole koskaan
tavannut Sakaria. Kaikki sukujuhlat olen esiintynyt
yksinäni, Sakarista ei puhuta, vaikka kaikki ilmeisesti ovat
hänestä tietoisia. Nyt hän on tottunut tähän omituiseen
tilanteeseen, vaikkakin pitää sitä vilpillisyyden
huipentumana. Välillä naureskelemme, että Mumma
pyörisi yötä päivää haudassa, jos hän tietäisi, että olen
vuosikymmenet elänyt miehen kanssa rekisteröidyssä
liitossa.

Häpeäkseni huomaan tehneeni kuten isä aikanaan. Hän otti vasemmasta nimettömästä vihkisormuksen piiloon ensi kerran Mumman tavatessaan, vaikka he olivat juuri edellisenä viikonloppuna menneet äidin kanssa naimisiin. Ei sukuni ole koskaan nähnyt minunkaan sormusta nimettömässäni.

Kohta on joulu, pakko kertoa Sakarille kohtalostani. Ehkä mieluummin joulun jälkeen, jos minun sallitaan elää siihen saakka.

Jouluna, niin joka jouluaaton iltapäivänä isällä oli tapana käydä joulukirkossa. Takavalot vain vilahtivat, kun hän aina yllättäen singahti pihalta. Äiti katseli kummissaan, etukäteen ei lähdöstä kerrottu, lapsia ei otettu mukaan ja vikkelästi huomaamatta isä liikkui. Ei iltapäivällä joulukirkkoa ollut meillä päin, tämä selvisi minulle vasta aikuisena. Todellisuudessa isä kävi ystävättärensä ja heidän yhteisen tyttärensä luona viemässä joululahjat ja kukkia. Tuo tytär ilmaantui myöhemmin isän perunkirjoitukseen, yllätykseksi meille kaikille muille.

Kaikkea rasittavaa ja ikävää juolahtaa mieleen, olisi vielä vaikka mitä kirjoitettavaa, mutta kaikki se on turhaa. Parempi unohtaa. Huomenna - jos jaksan - kirjoitan varmasti kokoelman kaikesta onnellisesta, iloisesta ja hyvästä, mitä lapsuudessani sain kokea. Siitä tulee paljon pidempi kertomus kuin tästä, sen lupaan.♣

KIRJE HELISEVÄLLE NAURULLE

Kohta tulee 23 vuotta siitä, kun tapasin sinut ensimmäisen kerran. Jamppa soitti ja pyysi tulemaan Classic Pizzaan täällä Turussa. Hän halusi esitellä sinut, tulevan vaimonsa. Vihreät silmät, punertava tukka, pisamat ja helisevä naurusi. Siinä sinä olit, enkä voinut muuta kuin ihastua sinuun. En tietenkään halunnutkaan muuta.

Nousit seisomaan ja me kättelimme, sillä siihen aikaan ei ollut niin tavallista, että kaikki halaavat, tuntemattomatkin ensi kertaa tavatessaan. Ei se olisi ollut soveliastakaan, nuori neito ja harmaahapsinen mies. Jamppaa halasin, onhan hän poikani. Te molemmat nuoret, silmät onnesta säihkyen ja käsi kädessä, pizzat syötyinä ja suut täynnä onnen sanoja.

Mutta minä taisin olla onnellisin siinä joukossa. Lasten onni on vanhemmille maailman suurin onni. Sille ei löydy riittävästi kauniita sanoja, niitä ei ole vielä kirjoitettu, sydän on tulvillaan, kasvaa kokoaan suuremmaksi, pakahtuu.

Eivät kaikki isät tietenkään ole yhtä hassahtaneita, mutta joitakin on meitäkin. Meitä, jotka elämme lastemme kanssa koko ajan, kaukana mutta liian lähellä. Yritämme olla olemattomia, mutta silti tungemme elämäänne.

Vuosien varrella opin arvostamaan sinua, tapaasi hoidella vaikeatkin asiat, tapaasi muuttaa ongelmat ratkaisuiksi, tapaasi ymmärtää väärinkäsitykset oikein. Opin kunnioittamaan ja ihastelemaan kykyäsi yhdistää työsi ja kodinhoito, pitää huolta pienistä ja vuosien varrella kasvaneista lapsista, lohduttaa ja ymmärtää heitä. Näin kuinka näppärästi sujuivat ruuanlaitto, leipominen ja neulominen. Siinä ohessa opetit minua, ikämiestä, käyttämään tietokonetta ja siirtelit valokuvia kansioihin. Osasit iloita, elää ja puhua Jampan kanssa, vaikeista ja helpoista asioista. Halusit elää yhteistä kotia. Sen olitte suunnitelleet ja piirtäneet yhdessä, kaunis sammalenvihreä omakotitalo Paimiossa, viimeistä piirtoa myöten huolella ajateltu. Jokaiselle pihaluudalle oma ripustin, jokaiselle ruuville oma lokero.

Muistit, että vihkivalassa olit vastannut myöntävästi kysymykseen "Haluatko rakastaa tätä Jamppaa…". Olit halunnut. Aina siihen asti, kunnes ilmoitit jättäväsi hänet. Halusit avioeron, halusit elää uutta omanlaista elämääsi, halusit löytää itsesi, et voinut enää jatkaa hänen kanssaan. Oli paha olla.

Vasta jälkeenpäin huomasin, että jo vuosia sitten oli helisevä naurusi lakannut kuulumasta. Olin kuullut sen kuulumattomuuden, ymmärsin sen viestin vasta myöhemmin.

En tiedä tunteitasi ja syitäsi eroon, voin vain aavistaa, sillä tunnen poikani. Hän ei ole hyvä sanoittamaan tunteitaan, on ehdoton ja hiljainen, puurtaja ja usein itseensä tyytymätön. Ei riitä hyväkään, ei minullekaan. Liittyneekö jotenkin miehisyyteen... On joko mustaa tai valkoista. Jos olisi jotain vielä mustempaa tai valkoisempaa, Jamppa kokisi ne paremmin omikseen. On joko riehakasta iloa tai mykkää murhetta. Sisällä on tunteita paljon eikä tavallista ole mikään. Et ollut sinäkään hänelle tavallista, olit onni ja elämä. Tuskin hän sitä osasi sanoa, puhui niin vähän muutenkin.

Välillä syytän itseäni, en opettanut puhumaan vaikeista asioista. Olen luonnostani puhunut niistä, aina ja kaikkien läheisteni kanssa, edesmenneen rakkaan vaimoni ja ystävien kanssa. En osannut opettaa taitoa, joka on ollut itselleni elinehto. Olen kuulemma harvinainen - mieheksi. Sanovat, että höpöttelen. Opettelen olemaan syytön, koska teillä on oma elämä elettävänä ja vastattavana.

En tiedä, kuinka olit valmistanut Jamppaa eroon. Mutta sen tiedän, että se oli hänelle täydellinen yllätys ja että sen sinä tiesit. Hän ei voi hyvin, vaikka heti erosta kuultuaan hän voi vieläkin huonommin. Pidän varmana, että hän tulee olemaan loppuelämänsä katkera. Toivon koko sydämestäni olevani väärässä, mutta epäilen vahvasti. Kokemus on opettanut.

Ihanat poikanne elävät kanssanne ja vierellänne eroa. Eivät he välty epäsovulta, ovat harvinaisen ymmärtäväisiä, viisaita ja upeita nuoria. He piilottavat pahan mielensä, surunsa, pettymyksensä ja sinnittelevät kahden kodin ristitulessa. Usko pois, vaikka he muuta sanovat, ei heillä sisimmässään mene hyvin.

He, pienet viattomat kärsivät vähintään yhtä paljon kuin te. Te vanhemmat, jotka ette enää tervehdi toisianne, ette puhu keskenänne, vaihdatte vain viestejä ja ohitatte toisenne kuin vihoissaan olevat mustalaiset. On helppo ymmärtää, että teillä molemmilla on kädet ja sielu täynnä muuta mietittävää ja kestettävää, ette ehkä halua itsekään elää näin, ehkä ette osaa tai jaksa muuta. Sitä on tosi vaikea uskoa, kun muistelen ensimmäistä iltaamme Classic Pizzassa ja kaikkia muita iltoja yli kahden vuosikymmenen varrella.

Haluaisin olla yhteydessä sinuun, haluaisin kaiken ennalleen, haluaisin että olisitte onnellisia, asuisitte yhdessä ja haluaisin, että haluaisitte samaa. On selvää, ettei se enää ole mahdollista. Niin paljon on nyt toisin, rikki. Olisi outoa meidän olla yhteydessä, kun et ole missään yhteydessä Jamppaan, et ainakaan puheväleissä. Kuin toimisin Jampan selän takana, sitä en halua.

Kaikkein eniten haluaisin, että tuo puhumattomuuden kierre ei jatku! Kun kysyn pojiltanne uudesta kodistasi, sinustasi, läheisistäsi, saan yksisanaisia vastauksia ja sitten vaihdetaan puheenaihetta, mennään lukkoon. Katse siirtyy ikkunaan. He eivät osaa sanoittaa uutta tilannetta, vaikka elämä on urautunut jo uusille jengoilleen. Poikanne väistävät kevyetkin lähentymiset, ohittavat ne, vaikenevat.

Te olette viisaita vanhempia - lukuun ottamatta nykyistä käytöstänne. Poikanne tarvitsevat terapiaa, ulkopuolista asiantuntijaa, aikuista neutraalia puhekumppania, joka ei usko, että heillä menee hyvin. Ei heillä mene hyvin! Suru paistaa silmistä, sen näkee käytöksestä, sen ymmärtää vähemmästäkin. Te *uskotte heitä, koska haluatte heidän olevan onnellisia. Jos poikanne eivät saa asiantuntevaa apua, he voivat olla vuosien kuluttua omassa elämässään samassa, täydellisessä pattitilanteessa kuten te nyt. Se on pelottava näkymä, mutta erittäin todennäköinen, jos annatte kaiken jatkua ennallaan. Eivät ongelmat poistu maton alle lakaisemalla, piilottamalla. Parempi oppia kohtaamaan vaikeudet, paras oppia puhumaan niistä, rohjettava avata suu vaikka kovin pelottaa.*

Te voitte estää pahan kierteen, te olette vastuussa pojistanne, vielä on kaikki mahdollista. Pyydän, minä pyydän.

Sain juuri tiedon, että minulla ei ole enää kovin paljon elinaikaa. Kiitän elämästäni, olen saanut elää pitkän, onnellisen ja monipuolisen elämän. Se on edellyttänyt tunteiden avaamista, puhumista ja kuuntelemista. Nyt on poikienne vuoro tulla kuulluiksi.

Jää hyvästi, äläkä unohda helisevää nauruasi. Se voi olla välillä piilossa, mutta se kuuluu sinuun.

Suomen Turussa, eräänä kauniina, aurinkoisena kevätpäivänä vuonna 2024

Ex appesi Rauno ♣

MITÄ SULLE KUULUU?

Helsingin Sanomien toimittaja Laura Kangasluoma päätti vuoden 2023 alussa tutkia minkälaisen vastaanoton puhelinsoitto nykyään saa aikaan. Puheluista on tullut harvinaisia. Onko puhelinsoitto häiriö, keskeytys, pelon herättäjä vai ehkä kiva ylläri. Sehän selviäisi soittamalla. Laura päätti soittaa kaikille puhelimensa yhteystiedoista löytyneelle henkilölle ja kysyä yhden yksinkertaisen kysymyksen 'Mitä sulle kuuluu'. Yhteystietoja hänellä oli vaivaiset 657 eikä useista enää mitään muistikuvaa, oliko kyseessä lasten turvaistuimen ostaja vai myyjä, ehkä entinen talonmies tai satunnainen haastateltava vai ihan joku muu. Hän soitti.

Mikä loistava idea! Kai minäkin tuohon pystyisin, kun yhteystietojani oli huomattavasti vähemmän. Niitä oli vain 187. Ymmärrettyäni rajallisuuteni päätin ottaa puhelujeni kohteiksi 12 henkilöä, jotka kaikki tunnistin, mutta joiden kanssa en ollut viimeisten kahden vuoden aikana jutellut. Rajana oli tiukka kaksi vuotta.

Soitin.

Kuulin kaikenlaista, erityisesti sellaista, mitä en missään tapauksessa olisi viestittelyssä tullut tietämään. Paljon sellaista tiedän, mitä muut eivät tiedä eivätkä koskaan saakaan tietää. Kännykän viestikyselyyni olisin saanut pelkistetyn vastauksen 'Kiitti, ihan ok' - eikä rankemmin metsään olisi vastaus voinut mennä.

Soitto numero 1

Sori, häiritsenkö? Voitko jutella? Ei mulla ole mitään kummallista asiaa, haluaisin vain kuulla, mitä sulle kuuluu. Pitkästä aikaa.

- No hei, pitkästä aikaa todellakin. Mä oon just Prisman parkkipaikalla autossa ja kotiin lähdössä. Anteeksi, nyt mulla menee ihan tunteisiin, kun sä soitat. Meillä on kotona semmonen niin paha tilanne, että mulla on ihan viimeiset voimat käytössä. Mun on pakko pitää tää homma kasassa, muuten kaikki hajoo käsiin. Ja musta tuntuu, että mä en jaksa. Mä en todella enää jaksa. Mun on pakko nyt lopettaa, kun mua rupes niin hirveesti itkettään kun joku kysyy multa, mitä mulle kuuluu. Sori, mä soitan sulle joskus, nyt en pysty. Kiitos kuiteskii.

Soitto numero 2

Sori, häiritsenkö? Haluaisin vain kuulla, mitä sulle kuuluu. Olisiko hyvä hetki jutella?

- Ai kun kiva kuulla sinustakin. Kaikenlaista kuuluu, mutta kerro nyt ensin, mitä sinulle kuuluu. Sitten saat kyllä mieluusti kuulla meikäläisen kuulumiset, jos vain jaksat kuunnella.

- No, siitähän on monta vuotta, kun viimeksi päivitettiin kuulumiset. Seppo oli silloin tehnyt raittiuslupauksen, vakaasti ja harkiten. Ei tarvinnut vertaistukea eikä AA:ta, itse hoitaisi homman. Ja niin siinä meni sitten kaksi vuotta, hyviä vuosia ne oli. Ei riidelty ja usein se todisti, kuinka kivaa selvin päin oli. Mutta ei sitä onnea kauaa kestänyt, nyt on taas sama peli. Kuppia kallistelee joka päivä, välillä vähemmän, mutta yleensä enemmän. Se voi juoda koko korillisen kaljaa vuorokauden aikana. Kuvittele! Ja se mua eniten ärsyttää, että vielä pitää salaa ryypätä. Aika usein mä oon löytänyt sen pylly pystyssä vaatekaapin pohjia koluamassa, kun sillä on siellä Kossu-pullo piilossa. Tiedäthän, että otan itsekin ihan reippaasti, mutta tuo salailu riepoo. Ei Seposta raittiiksi ole, se on tässä selvinnyt, mutta kyllä me pärjätään yhdessä. Välillä on ihan kivaa, lakanatkin pöllyää. Voitko kuvitella, vanhat ihmiset. Mutta sitten kun riidellään, otetaan yhteen ihan tosissaan. Joskus sekin raikastaa ilmapiiriä - vaikkei raitista.

Soitto numero 3

Sori, häiritsenkö? Voisitko jutella? Ei mulla oo itsellä asiaa, haluaisin vain kuulla, mitä sulle kuuluu.

- Hei. Eipä mitään kuulu.
- Se meidän yhteydenpito oli niin hiton vaivalloista. Aina minä sain soittaa ja sitten sulla oli kiire. Etpä paljoa soitellut tännepäin. Oli yhteydenpito täysin yksipuolista. Sain sen käsityksen, ettei sinua paljoa kiinnosta. Niin sitten päätin, että ystävyys sai olla siinä ja siinä se saa olla. Heippa!

Soitto numero 4

Sori että häiritsen. Olisiko hyvä hetki jutella? Ei mulla oo mitään varsinaista asiaa, haluaisin vain kuulla, mitä sulle nykyään kuuluu.

- Heippa hei, vaikka mitä tänne kuuluu. Kiva kuulla sinustakin.
- Kyllä tää on aika raskasta, 38 vuoden jälkeen olen joutunut sanomaan Yrjölle, että mun on pakko hakea eroa, jos se ei lopeta tota riitelyä naapurin kanssa. Ne on tapelleet autokaupasta jo yli kaksi vuotta. Yrjö myi tolle naapurille vanhan Mersunsa ja se hajos kohta kaupan jälkeen. Olis sillä Yrjön mielestä voinu vielä ajaa parisataatuhatta kilometriä. Se hajoaminen tuli todella ihan yllätyksenä meille, ei me mitään mistään viasta tiedetty. Yrjö on monta kertaa sanonu, että nuori juippi ei osannut käsitellä vanhaa autoa. Luuli, että Mersulla voi kaahailla kuinka vain. Ja sitten se rupes vaatimaan kaupan

perumista, rahat korkoineen takas. Olis pitäny
maksaa reilusti yli kymppitonni ja sais rikkinäisen
auton pihalle seisomaan. Joka kerta, kun ne
näkee toisensa, voi olla varma, että hirveä
sättiminen alkaa. Usein Yrjö aloittaa. Kumpikin
uhkaa käräjillä, on uhannu jo kauan. Tää
asuminen on mennyt ihan kamalaksi. Ei lapset
tästä tappelusta tiedä. Hävettää ja väsyttää
hirveästi. Yrjön pitäis lopettaa toi riitely. Jos tää
ei kohta lopu, mun on pakko muuttaa pois, ja
Yrjö saa tehdä autoasiassa mitä tahtoo. Joku sopu
on tultava tai tämä mummeli lähtee käveleen.

Soitto numero 5

Sori, häiritsenkö? Voitko jutella? Ei mulla oo mitään
asiaa, mutta haluaisin vain kuulla, mitä sulle kuuluu.

- Ai hei, mukava kun soitat. Aina on kiva saada
  juttukaveri, kun muuten on niin yksinäistä.
- Kiitos, kyllä oikeastaan ihan hyvää kuuluu noin
  periaatteessa. Kohta tulee 90 vuotta täyteen ja
  vielä olen tolpillani. Onhan tätä ikää jo liiankin
  kanssa. Kaikki ystävät on kuolleet, viime viikolla
  kuoli tuo naapuri, pelattiin korttia vielä edellisenä
  iltana. Aamulla ei sitten enää herännyt. Vähän on
  sukulaisia, siis noita lapsia ja lapsenlapsia. Nehän
  elää ruuhkavuosiaan, ovat niin kiireisiä, että eivät
  kerkeä käymään. Tottakai ymmärrän. Silloin
  tällöin soittelevat, viimeksi jouluna lähettivät

joulukukan, yhteisen kaikki. Joulu meni sitten ihan yksikseen täällä kotona. Vielä asun tässä omassa mökissä, olen jaksanut pyykin pestä ja lattiat luututa. Vähän olen noita ikkunoitakin pessyt, mutta nyt jo rupeaa rappusilla huimaamaan, joten jätän sateen varaan. Kyllä sade putsaa. Nykyään rollaattorilla käyn kaupassa, en kyllä paljoa syö. Hyvän elämän olen saanut elää. Mutta ihan kamalia nämä maailman tapahtumat, Ukrainassa soditaan ihan kuin meillä talvisodassa. Apua luvattiin, mutta ei ne apuun tulleet. En olis enää sotaa halunnut nähdä. Toivon, että pääsisin jo pois. Olet niin kultainen, kun soittelit. Mutta pakko tunnustaa, että joka aamu herätessä mietin, että voi harmi, taasko pitää herätä. Mieluummin en ois herännyt. Nyt väsyttää, pakko mennä pötkölleen, anteeksi vaan. Mutta oikein paljon kiitoksia, kun soitit. Saa nähdä, vieläkö olen hengissä, jos soittelet taas ensi viikolla.

Soitto numero 6

Sori, häiritsenkö? Voitko jutella? Haluaisin kuulla, mitä sulle kuuluu.

- Herttileeri sentää, eipä ole sinustakaan kuulunut vuosiin. Kiva kuulla sinusta. Olen jo kerennyt ajatella, mitä sinulle on oikein tapahtunut.

- On tämä elämä mennyt aika vaikeaksi. Raskasta on, kun Antti ei millään usko, ettei se enää kuule juuri mitään. Ei suostu menemään kuulon tarkastukseen, vaikka ne kuulolaitteet olisi niin hyviä ja huomaamattomia. On niin noloa, kun se joskus jatkaa keskustelua ihan muusta aiheesta kuin mistä muut puhuu. Sen käytöksessä on piirteitä, ettei aina tiedä, onko kyseessä muistihäiriö vai huono kuulo. Eristäytyy omaan huoneeseensa ja vain makaa sängyllä. Nytkin äsken pyysin syömään meidän muiden kanssa, kun on lapsenlapsetkin kylässä, mutta ei halunnut tulla. Makaa vaan sängyssään ja sitten ottaa jotain voileipää itselleen. Ei tuo minusta ihan normaalia ole. Mutta ei suostu mihinkään tutkimuksiin. Sanoo, että menee sitten, kun jalat edellä viedään. Ei paljon naurata enkä kehtaa muille kertoa.

Soitto numero 7

Sori että häiritsen. Voitko jutella? Haluaisin vain kuulla, mitä sulle kuuluu. PItkästä aikaa.

- No mutta, heipä hei. Miten kiva kuulla sinusta. Miten menee?
- Mulla on kivaa tiedossa, arvaapas! Tosi pitkään tätä olen harkinnut, mutta nyt olen päättänyt antaa periksi turhamaisuudelleni ja hankkia rintaimplantit. Kun tuli aikanaan niin kamalasti treenattua, että olen ollut ihan lättärintainen koko

ikäni ja kärsinyt siitä vuosia. Jos tulis parempaa
menestystä tuolla miesmaailmassa. Menen ensi
viikolla Tallinnaan leikkaukseen, on se paljon
halvempaa kuin Suomessa. Samalla saavat vähän
lisätä muotoja tuonne perskannikoihin. Satuin
voittamaan vähän Lotossa ja ne rahat käytän nyt
näiden haaveiden toteuttamiseen. Vähän
pelottaa, mutta pakko ottaa elämässä riskejä.
Olen tähän asti elänyt niin kurinalaista elämää,
että nyt olen päättänyt repäistä. Jos haluat, voin
pitää sinut ajan tasalla. Ja voithan matkan varrella
tsempata mua, siis jos haluat ja muistat. Se olisi
minulle tosi arvokasta. Kylläpä soitit sopivaan
aikaan, kun olen päättänyt, että en puhu tästä
asiasta muille. Älä sinäkään kerro tästä eteenpäin,
pliis.

Soitto numero 8

Sori että häiritsen. Voitko jutella? Ei mulla oo mitään
kummallista asiaa, haluaisin vain kuulla mitä sulle kuuluu.

- Hei, hei. Mistäs nyt tuulee, kun soittelet.
  Ollaanko viimeksi puhuttu joskus monta vuotta
  sitten.
- Mä olen nyt vähän maassa, oikeastaan maan alla.
  Anteeksi, mutta en jaksa kauheasti puhua. Mutta
  on selitettävä, että kuukausi sitten sain toisen
  keskenmenon. Me ollaan Pirkan kanssa yritetty
  lasta viimeiset kolme vuotta, mutta juuri nyt

tuntuu ihan toivottomalle. Ai, mutta ethän edes
tunne tai tiedä tätä Pirkkaa. Se onmutta insinööri,
oikeastaan dippa-sellainen ja tekee pitkää päivää
Aalto yliopistolla. Me tutustuttiin siellä opiskelun
merkeissä ja ollaan oltu kimpassa kohta kolmisen
vuotta. Ja koko ajan yritetty lasta. Mutta taas tuli
keskenmeno. Tää rupee rapauttamaan jo meidän
suhdetta, varsinkin kun Pirkka jotenkin
vähättelee koko asiaa. Tai ei se oikeastaan
vähättele, vaan selittää, että tässä iässä tämän
tyyppiset vastoinkäymiset ovat niin tavanomaisia,
että on vain toivottava. Positiivinen mieli auttaa
kuulemma aina. Mehän ollaan molemmat jo
melkein nelikymppisiä. Niin kai se Pirkka aika
oikeassa on. Mutta nyt anteeksi vaan, mun on
mentävä lepäämään. Mutta oli hirmu kiva, kun
soitit ja sain jutella sun kanssa. Tuntuu ihan sille,
että naiset ymmärtää tällaiset asiat paremmin. Mä
soitan sulle kohta, kun saan vähän voimia ja
sitten saat kertoa, mitä sulle kuuluu. Tuntuu jo
vähän paremmalta, kiitos sinulle.

Soitto numero 9

Sori, että häiritsen. Voitko jutella? Ei mulla oo mitään
kummallista asiaa, haluaisin vain kuulla mitä sulle kuuluu.

- Oho, tämäpä yllätys. Kiitos hyvää kuuluu. Entä
  itsellesi?

- Tulin just lekurista. Lonkka on ihan sökönä. Mun on pakko käyttää kainalosauvoja, muuten en pysty kävelemään kuin täällä sisällä. Pieni yksiö minulla on, niin että täällä pääsee vaikka lentämällä paikasta toiseen. No, ei paljon huvita naureskella. Kivut on niin hemmetin kovat, varsinkin yöllä. Olen julkisella puolella yrittänyt saada apua ja siellä vaan pallotellaan lekurilta toiselle. Kun menin valittamaan selkääni, se lääkäri sanoi, että ensin pitää panna lonkka kuntoon. Kun sitten menin ortopedille, se sanoi, että ensin on selän vuoro ja sitten vasta leikataan lonkka. Vaikka mä muuten pidän itseäni aika rauhallisena, niin silloin hiillyin oikein todella. Suutuin kunnolla. Sanoin, että sinähän olet lääkäri ja minä potilas, nyt kohta kääntyy nämäkin valtasuhteet toisin päin. Näin ei voi potilaita kohdella, että pistä mut oikeaan jonoon ja sassiin tai muuten tulee syyte hoitovirheestä. Voit arvata, että siitä ei hyvä seurannut. Nyt en taida olla lekureiden kanssa enää puheväleissä saatikka sitten hoitoväleissä. Pirskatti, kun ei ole varaa yksityiselle, eläke on niin pirun pieni. Tuli silloin opiskeluaikana pidettyä turhan monta välivuotta, juhlin nuoruutta. En tehnyt niin kuin muut, että vauhdilla opiskelut loppuun, hommiin ja eläkettä kerryttämään. Nyt olen tämmöinen heittopussi soten armoilla. Huomenna rupean soittelemaan terveyskeskukseen, jostain on tähän apua saatava. Mutta ensin otan kevyen kekkulin

tuosta Kossu-pullosta. Pyysin naapuria tuomaan,
kun itse en pääse edes Alkoon. Jo on surkeaksi
mennyt! Mutta tosi paljon kiitoksia soitosta, oli
kiva jutella, vaikka nää mun kuulumiset olikin
tällainen sairaskertomus.

Soitto numero 10

Sori, että häiritsen. Ei mulla oo asiaa, haluaisin vain kuulla
mitä sulle nykyään kuuluu. Olisiko hyvä hetki jutella?

- No hellou, hauska kuulla sinustakin. Eipä oo
  pitkiin juteltu. Kaikkea kuuluu, entä itsellesi?
- Sori, mutta just nyt soitit vähän huonoon aikaan.
  On hieman hoppu, kun olen menossa
  päivätansseihin. Et taida tietääkään, että Eero
  pääsi kaksi vuotta sitten niistä vaivoistaan. Se oli
  sittenkin syöpä vatsassa ja loppuajat oli hirveät.
  Kivut oli kovat eikä saanu riittävästi
  kipulääkkeitä. Kaikkea puhutaan, mutta sitten
  kun tulee tosi paikka, niin nuukaillaan. Nyt mulla
  on uusi miesystävä, melkein 20 vuotta nuorempi
  kuin minä ja aivan ihana ja komea muruliini. Ei
  lapset vielä tiedä tästä, ne on suhtautuneet
  kaikkiin mun matkoihin ja rientoihin todella
  ynseästi. Pelkää varmaan, että hassaan kaikki
  perintörahat. Mielelläni maksan vähän siitä ilosta,
  että minulla on vetreä komistus vierelläni - ja
  vähän muuallakin, ups sori. Eipä tarvii sit lasten
  tapella perinnöstä, mä nautin nyt. Mutta sori

vaan, nyt on mentävä, ettei karkaa koko ihana
pakkaus. Salaisuus, mulla ei oo edes
pikkuhousuja jalassa. Heippa!

Soitto numero 11

Sori, kun häiritsen. Voitko jutella? Ei mulla itsellä oo
mitään asiaa, haluaisin vain kuulla, mitä sinulle kuuluu.

- Moi moi, kiitos tosi hyvää meille kuuluu. Ollaan
  paljon Brysselissä, mistä Veikko sai hienon EU-
  homman ja koko perhe muutti sinne. Niillä on
  komea talo käytössä, neljä makuuhuonetta ja
  kolme kylpyhuonetta. Veikko osti heti Mersun,
  mustan kiitäjän. Meillä on käytössä ihan oma
  piharakennus ja ollaan aina tervetulleita. Siellä on
  mahtavia shoppailukatuja, niin hienoja tavaroita
  ja vaatteita, että oksat ja rahat pois - köyhiltä ja
  sairailta, kuten äiti pruukasi sanoa. Sitäpaitsi
  meitä tarvitaan siellä, kun niillä on jo kaksi
  mukulaa. Ne on ihania kakaroita ja me saadaan
  hoitaa niitä aina, kun me vaan halutaan. Ja arvaa,
  halutaanko me. No tottakai! Veikko maksaa
  meidän matkat, käyttää niihin jotain bonuspisteitä
  tai jotain. Me ollaan nytkin menossa sinne ens
  viikolla ja ollaan ainakin kolme viikkoa. Ei tätä
  Suomen rospuuttoa mitenkään jaksa. Että
  tämmöistä meille kuuluu. Kiva, kun soitit ja
  kyselit kuulumisia. Hieno idea soitella kavereille,
  taidan tehdä itse saman.

Soitto numero 12

Sori, kun häiritsen. Voitko nyt jutella? Mulla ei oo itsellä asiaa muuta kuin että haluaisin kuulla, mitä sinulle kuuluu näin pitkästä aikaa.

- Heipä hei, kiitos kun soitit. Pitkästä aikaa. Taitaa olla jo monta vuotta siitä, kun ollaan viimeksi juteltu. Onhan tässä sattunut ja tapahtunut vaikka mitä. Mutta mitä sinulle kuuluu? Varmaan jotain oikein mukavaa, minulla on semmoinen tunne.

-

- Äitinä on viime ajat olleet hyvin hankalat. Ihan sydämeen sattuu. Pinjahan perusti perheen sen todella mukavan Sepon kanssa jo vuosia sitten, mutta tässä pari kuukautta sitten Seppo ilmoitti, että tarvitsee enemmän ilmatilaa itselleen. On Pinja kuulemma liian kova äkseeraamaan, vaatii liikaa ja on aina huonolla tuulella, määrää kaikki asiat eikä ota huomioon lainkaan Sepon mielipiteitä. Ja kaikkea semmoista. Voi olla jotain perääkin, ainahan Pinja on ollut tosi määrätietoinen, muistat varmaan itse. Juteltiin tästä aikanaan paljon, kun oltiin työkavereita niin monta vuotta. Olen joutunut tietenkin kovasti pohtimaan, olisiko minun pitänyt kasvattaa Pinja toisella tavalla. Enemmän tunnetaitoja tai niitä jotain taitoja, mistä nykyään niin paljon puhutaan. Olisi pitänyt korostaa, että voi antaa

periksi, ei yksinkertaisesti aina voi olla itse
oikeassa. Eihän aina tarvii edes kenenkään olla
oikeassa. On isoja ja pieniä asioita, ihan sama
kuka pikkuasiat päättää. Vain harvoista asioista
tarttee riidellä. Perheen pitäisi aina olla ykkönen,
ei raha tai työ tai golf tai tai... Jos voisin aloittaa
alusta, korostaisin kovasti lempeyttä, periksi
antamista ja positiivisuutta. Ei aina kengännauhat
kireällä. On näitä itsesyytöksiä ollut paljon viime
aikoina. Ei saa rauhaa. Koko ajan paha olla, ei
tule uni silmään. Seppo on pannut avioeron
vireille ja nyt riidellään lapsista, rahasta, autosta ja
ihan kaikesta. Kohta varmaan lakanatkin pannaan
kahtia. En saa asioita pois mielestä. Sydämeen
koskee niin, että kohta se särkyy kokonaan.
Kiitos kun sain jutella näin kahden kesken, ihan
niinkuin silloin työaikanakin. Niistä ajoista on
mukavat muistot, kiitos niistä sinulle. Tiedän, että
ymmärrät pahan oloni.

Seitsemän viikon soittourakan jälkeen Laura
Kangasluoma oli aivan puhki, pötkähti pitkäkseen
lattialle, mutta hän oli onnellinen. Onnellinen olin
minäkin, vaikka soittoihin oli kulunut vain neljä iltaa.
Väsytti.

Kuten Laura analysoi puhelun ainutlaatuisuus on, että
siinä kahden ihmisen pitää keskittyä samaan asiaan
samalla hetkellä. Keskittymisestä syntyy luottamus,
puhelussa saa olla epävarma, hakea ajatusta, sanoja.

Kahdenvälisestä keskustelusta muodostuu aito yhteys keskustelijoiden välille, viimeistelemätön kontakti ihmiseltä ihmiselle.

Ennen yhteydenottoja minulla ei ollut aavistustakaan, mitä ystävilleni todella kuului. Luulin tietäväni tai arvaavani, mutta vähänpä tiesin ja väärin arvasin. Paljon vaiettuja salaisuuksia, arkoja yksityisasioita, isoja murheita ja vain hiukan hailean ilon aiheita. Viestittelyllä en olisi päässyt läheskään samaan kontaktiin, pientä pintaraapaisua olisin saanut vastaukseksi - jos sitäkään. Usein viestittelyn seurauksena syntyy enemmän väärinkäsityksiä kuin muuta. Puhelin on verraton, korvaamaton väline, jos aidosti haluaa tietää 'Mitä sulle kuuluu?' Jos ei halua tietää, voi vapaasti jatkaa viestittelyä.

Ei puhelu ole häiriö. Sekä Lauran että omien kokemusteni mukaan vastaanottajat olivat erittäin iloisia henkilökohtaisesta puhelusta ja vilpittömästä kysymyksestä, olivat suorastaan otettuja. Tunsivat itsensä erityisiksi kaikkien ystävien joukosta. Kiittivät soitosta - aidosti ja oma-aloitteisesti. Viestittely tuntui puhelinsoittojeni jälkeen hipaisulta ystävyyden laidalta. Molemmat saimme vain yhden penseän vastaanoton, Lauralla vastaaja oli entinen poikaystävä ja minulla entinen ystävä.

Soita, jos välität ystävistäsi.

Soita, jos todella haluat tietää.

Soita, jos haluat että sinusta välitetään. ♣

PAINU SINÄ VÄNTTINEN SIITÄ VITTUUN!

Vihtiläinen ruispelto hyvässä sadossa, vaalean ruskea vilja heilahtelee hiljalleen sinne tänne. Aurinko helottaa pilven hattaroiden välistä ja kauempaa kuuluu valtatien kumu. Keskellä peltoa karrelle palanut, sysimusta auto. Merkkiä ei enää pysty tunnistamaan, eikä sillä ole väliäkään. Pellolle on lennähtänyt neljä raavasta miestä, kaikki enemmän tai vähemmän palovammoista kärsiviä, elossa, kivuissaan ja järkyttyneitä. Kuinkas tässä nyt näin kävi?

Antti, vihtiläinen hurmuri, vikkeläliikkeinen ja käräjillä yleisesti tunnettu oli päättänyt vaihtaa tyttöystävää. Heitä hänellä riitti, renttuun oli helppo rakastua. Siniset silmät, vaalea tukka ja sujuva supliikki. Oli auto alla ja välillä rahaa, rento elämäntyyli ja iloinen luonne. Ikäloppu Ford Escort, tuttavallisemmin Esko sai viedä Lulun luo hakemaan Antin vaatteet, hammasharjan ja muut vähäiset tavarat. Samalla piti kertoa, että Lulu meni vaihtoon, oli tästä lähtien entinen tyttöystävä ja että eron hetki oli koittanut.

Ei sellaista matkaa uskaltanut Antti tehdä yksin, vaikka rohkelikon maineessa olikin. Mutta niin oli tyttöystäväkin vahvan mimmin maineessa, Lulu oli bodari ja kova suustaan. Oli Antin hyvä ottaa mukaan matkalle parhaat kaverit, Pera, Ville ja Törö. Ja nyt he kaikki olivat lentäneet vihtiläiselle ruispellolle ja auto oli karrella. Kaukaa kuului lähestyvän hälytysajoneuvon ääni. Ohi pyöräillyt helsinkiläinen pankkimeklari oli ollut suistua samalle pellolle nähtyään läheltä koko räjähdyksen, mutta saanut kuitenkin hälytettyä avun paikalle.

Pahiten oli palanut Törö, oikeastaan hän oli saanut erittäin pahat palovammat ja huusi tuskiaan pois. Törön ei pitänyt olla matkassa mukana ollenkaan, hänen piti olla kuollut. Hän oli päättänyt tehdä itsemurhan Molotovin cocktaililla tuona samaisena päivänä. Ensin hän menisi kuitenkin kavereiden kanssa turvaamaan Antin eron Lulusta. Oli pakko auttaa kaveria, kun tämä pyysi. Sitten vasta olisi Törön aika poistua tästä maailmasta.

Törö oli kova lueskelemaan ja tietämään asioista - huonoista elintavoistaan huolimatta. Oli perehtynyt Molotovin cocktailin historiaan ja saanut selville, että vähän ennen talvisotaa oli suomalainen kapteeni Eero Kuittinen kehitellyt tällaisen oivan, sittemmin suurta suosiota ja eri sodissa merkittävää tuhovoimaa saavuttaneen aseen käytettäväksi ensisijaisesti panssarintorjunta-aseena venäläisiä vastaan.

Niinpä Törön vanhojen farkkujen vasemmassa takataskussa pullottivat pullo täynnä bensaa, rätti ja tulitikut tiiviisti pulloon teipattuina. Eivät muut bensapullon cocktailista tai synkistä aikeista mitään tienneet, olivat kyllä aiemmin huomanneet Törön masentuneen mielialan, yrittäneet auttaa ja nostaa huumoria pintaan, turhaan.

- Mä lähden komeesti, kun mä lähden ja sillo, kun mä haluun. Tänään, just tänään mä haluun. Ja kun kerta oon alan miehiä, tää cocktail on just mulle passeli, se pamauttaa mut kertaheitolla taivaisiin. Ei jää edes märkää rättiä jäljelle, mietti Törö mielessään, yksin ja masentuneena, pitkäaikaisen naisystävän jättämänä. Mutta voin mä ensin auttaa Anttia, ihan mielelläni. On se Lulu aika paha pakkaus.

Antin automatka Lulun luo metsän laitamille kulki töyssyistä ja kuoppaista soratietä pitkin. Molotovin cocktail laukesi vahingossa tuliseen ja tuhoisaan räjähdykseen, käräytti Antin auton epämääräiseksi peltihirvitykseksi ja lennätti kaverijoukon pellolle. Pahoja palovammoja oli kaikissa. Törö muuttui hetken huudettuaan elottomaksi. Antin jalka roikkui vääntyneenä sivulla. Villen tukka oli palanut. Pera tuntui olevan shokissa.

- Jumalauta jätkät, nyt on Törö saatava äkkiä sairaalaan, huusi Antti jo kaukaa sairasauton miehistölle. Se on kokonaan palanut, se on pelastettava, se on hyvä jätkä!

Sairaalassa Törö näytti ihan Michelin-miehen pikkuveljeltä. Oli yltä päältä valkoisiin kääreisiin sidottu,

pullea ilmestys pursui kuin ilmapallo, pikkuisen silmiä
näkyi ja rillit vinossa melkein otsalla. Kyllä kavereita
nauratti, kun he kävivät moikkaamassa potilasta, vaikka
palovammat olivat kivuliaita ja paraneminen hidasta.
Töröä ei naurattanut.

-	Et piru vieköön mitään itsemurhaa voi tehdä,
	kyllä maailmassa naisia riittää, vakuutti Ville
	kokemuksen suurella rintaäänellä.

Samaa toistivat kaikki ystävykset, jotka olivat selvästi
järkyttyneempiä Törön itsemurha-aikeista kuin Antin
auton, Eskon lopullisesta menetyksestä.

Autoja riitti vihtiläisillä kavereilla aina sopivasti, niitä sai
tarvittaessa lisää, joko laillisesti tai laittomasti. He olivat
kehittyneet taitaviksi tuunaamaan, valmistusnumero
raappiutui helposti lukukelvottomaksi tai muuttui vallan
toiseksi, uutta maalia pintaan, väärä rekisterikilpi jostain
toisesta rakkineesta ja menoksi. He olivat rutinoituneita
käräjäveijareita, olivat tutuiksi tulleet niin haastemiehet
kuin tuomaritkin. Eikä kohtelua voinut pitää epäreiluna,
ymmärrys riitti helposti siihen, että lakia täytyi
tuomareiden noudattaa. Välillä tuli enemmän ja välillä
vähemmän kakkua, mutta aina riittävästi.

Virkavalta sotkeutui tietysti tähän epäonniseen
automatkaan ja Törölle rapsahti haaste käräjille. Syytteessä
luki vaaran aiheuttaminen. Itse hän oli suurimmassa
vaarassa ollut, mutta ei laki sallinut räjähtävän pommin

pitämistä takataskussa ja nyt odotti rangaistus. Mahtoiko taas olla tulossa kakkua, sitä ihmeteltiin joukolla.

Kutsun käräjille saivat myös Antti, Ville ja Pera. Harvinaista, he olivat tällä kertaa uhreja eli asianomistajia eivätkä syytettyjä, kuten yleensä. Kutsussa luki, että oli pakko sakon uhalla ilmaantua käräjille asian selvittämistä varten. Ja kun näin virkavalta velvoitti, saisivat he valtiolta kokoliaan rahallisen korvauksen, siitä riitti ilon aihetta. Sen verran kokeneita konkareita olivat, että tiesivät jokaiselle maksettavan korvauksen riittävän kahteen Kossu-pulloon. Niistä pulloista riittäisi makoisat hörpyt myös Törölle, se oli kaikille selvää.

Törölle määrättyä puolustajaa, rajamäkeläistä asianajaja Erkki Vänttistä ei Törö entuudestaan tuntenut, mutta tuo tuntui ärhäkältä mieheltä. Kyseli ummet ja lammet, lupasi heti, että hän saisi kyllä syytteen kumoon, kunhan voisi hoitaa puolustuksen tahtomallaan tavalla. Sehän sopi Törölle.

- Nyt kyllä käyttäydytään käräjillä hienosti, mennään hakemaan Pelastusarmeijalta hyvät kauluspaidat ja ollaan päivä ennen käräjiä kuivilla. Se tekee hyvän vaikutuksen tuomariin ja on siitä varmasti Töröllekin apua, suunnitteli Pera hyvää strategiaa.
- Holiton päivä on hitto vieköön niin harvinainen, että en kyllä muista, milloin viimeksi on jouduttu niin kärsimään. Mielenhäiriö, mutta sopii, kun on

näin tärkeä esiintyminen tiedossa, naureskeli Ville
suu jo kuivana.

Oikeuden istunto huudettiin sisään ajallaan, siitä oli
tuomari Kerstin Bergholm tunnettu. Etupenkkiin Törö ja
puolustajansa Vänttinen, käytävän toiselle puolelle
asianomistajat Pera ja Ville. Vain Antti puuttui, mutta
haastemiesten tiedon mukaan tulossa oli. Hän joutui vielä
onnettomuuden seurauksena käyttämään kainalosauvaa,
vähän hidasta oli liikkuminen.

- Anteeksi, että myöhästyin, oli noita muita juttuja
  matkalla.
- Hyvää päivää, olette todella hieman myöhässä.
  Oletteko asianomistaja A….?
- Moi Kerstin, kyllä me tunnetaan. Tietysti olen,
  vaikka vielä vähän mustelmilla, tokaisi rennon
  letkeästi Antti.

Ja niin oli sekin arvovalta tiessään, pohti tuomari
itsekseen. Suu meni hymyyn ihan väkisin. Olipahan vain
yrittänyt olla virallinen. Ei sopinut olla tuttavallinen,
vaikka Antti oli tuttu jo vuosien varrelta.

Vänttisen käräjätaktiikka osoittautui omituiseksi ja
ikäväksi. Hän alkoi selitellä muiden kaverusten osuutta ja
syyllisyyttä Törön itsemurha-aikeisiin. Ikäänkuin he
olisivat olleet ilkeitä, hankalia, syrjiviä ja vaikka mitä. Joka
puolelta kuului vastalauseita, vaikka tuomari huudot
alkuunsa hiljensikin. Törö katseli ihmeissään Vänttisen

meininkiä, pyöritteli päätään ja silmiään, yritti kuiskia jotain Vänttisen korviin. Eikö tämä ymmärtänyt, että he olivat parhaita kavereita. Eivät kaverit vaatineet häneltä mitään vahingonkorvauksia eivätkä vaatineet rangaistusta. Olivat iloisia, kun Törö oli pikkuhiljaa parantunut vakavista palovammoistaan. Nyt oli kaikki menossa aivan väärille raiteille. Oikeudentunto oli kaveruksilla selkeänä mielessä, vaikka silloin tällöin he harhautuivatkin kaidoille teille, suorastaan pikkaraisille poluille. Ei käräjillä heidän asioitaan saanut ihan valheellisiksi muuttaa, loukkaus kaikkia asianosaisia kohtaan.

- Törkeää Vänttiseltä, kohtuus kiistämisessäkin, kuiskasi Antti Peralle.
- Apua tuomari, nyt Ville voi huonosti. Nyt se lakkasi hengittämästä, keskeytti Antti puheenjohtajan selostuksen vaaran aiheuttamisen tunnusmerkeistä.

Ville oli ensin noussut ylös, hoippunut ja horjunut, korissut jotain sekavaa, kaatunut kasvoillaan pöydän päälle ja valahtanut siitä lattialle puheenjohtajan näkymättömiin. Antti oli rynnännyt heti apuun niin, että kainalosauva kolisi. Oli Villen ihon värin muttunut siniseksi, merkkejä hengityksestä ei näkynyt.

Hätäkeskuksesta luvattiin tulla heti, puheenjohtaja ei saanut lopettaa puhelua, Antin piti jatkaa tarkkailua ja Villen vointi piti välittää hätäkeskukseen täsmällisesti ja koko ajan.

Hälytysääni läheni selvästi, ei ollut asema kaukana oikeustalosta.

- Nyt se taas hengittää, vähän.
- Hengittää vähän, välitti puheenjohtaja.
- Nyt ei hengitä, on mennyt vihreäksi.
- Ei hengitä, muuttunut vihreäksi, kertoi puheenjohtaja.
- Vähän väri palautuu.
- Väri palautuu hiukan, välitti puheenjohtaja.

Vänttinen oli hipihiljaa noussut omalta tuoliltaan, lähestynyt uteliaana, naama valkoisena ja sormet harallaan Anttia ja lattialla makaavaa Villeä. Se oli Antille liikaa.

- Painu sinä Vänttinen siitä vittuun! huusi Antti niin kovalla äänellä, ettei kenellekään koko oikeustalossa jäänyt epäselväksi, oliko hän tosissaan vai ei. Samalla Antti huitaisi Vänttistä polviin kainalosauvallaan niin lujaa kuin jaksoi. Ja hän totisesti jaksoi.

Auts, Vänttinen painui jonnekin, ainakin pois, takaisin tuolilleen istumaan ja pysyi siinä.

Tuomarin suupielessä taisi näkyä hymyä, pöydän takana taisi salaa nousta tuomarin peukku Antille.

Ambulanssimiehille helppo tapaus, ilmeisesti äkkinäisestä alkoholin puutteesta johtunut tilapäinen, lyhyt sydänpysähdys. Ei Villen, paatuneen alkoholistin sydän mitä tahansa kestänyt, vaikka oli kaunis, kulunut kukallinen kauluspaita päällä.

Muu käräjäkansa sai odotustiloissa ihmettelyä kerrakseen, kun Villeä kannettiin komeasti paareilla ambulanssiin. Näytti peukkua ja vilkutteli tutuille, ei hätää.

Törön istunto pääsi jatkumaan, onneksi Villeä oli jo kuultu. Oli enää loppulausuntojen aika. Helpottunut tunnelma. Ville oli päässyt avun piiriin, kaikki kaverukset saaneet vapaasti ja rehellisesti kertoa todellisen tapatumien kulun, Vänttinen oli höpötyksensä lopettanut. Tuli tuomion aika.

Pikkusakko Törölle, valtion varoista lain säätämät rahalliset korvaukset Antille, Villelle ja Peralle. Ne riittivät yhteensä kuuteen, tällä kertaa hyvin ansaittuun Kossu-pulloon. Vänttisen palkkio aleni merkittävästi, rajansa kaikella - myös asianajajan palkkiolla.

Vänttistä ei enää näkynyt tuomari Kerstin Bergholmin istunnoissa. ♣

KIPPIS VAI ISO ITKU

Elämän mittainen päätös, peruuttamaton, vähillä tiedoilla
nuorena ja puolipaniikissa tehtävä. Nopeasti, nopeasti,
heti. Eikä sitten jälkikäteen saa katua, ei siparan siparaa.

Kasvot olivat hukkua kyyneliin. Niitä virtasi ja tuli jostain.
Tuntitolkulla ja yhtä vuolaasti koko ajan. Lopettaa ei
voinut, vaikka olisi koko sydämestään halunnut. Sydän oli
särkynyt, pieniksi palasiksi pisaroitunut. Sitä sydäntä ne
kaikki kyyneleet itkivät, katkerasti ikään kuin eivät olisi
aikaisemmin päässeet vapauteen. Ei tainnut edes
vapauttaa tai lievittää tuskaa, luonnon laki
luonnottomassa tilanteessa. Mistä kaikki ne tuhannet
kyyneleet saivat alkunsa. Eivät ainakaan omista
kyynelkanavista, nehän olisivat olleet kilometrien
mittaiset.

Katilla oli kyyneliinsä syynsä, oli oikeastaan monta syytä.
Jokainen niistä olisi ollut oman ison itkun arvoinen.
Kasaantui nyt kaikki vain kerralla mustaksi möykyksi
sieluun. Vasta vuosikymmenien jälkeen Kati joutui
ymmärtämään, ettei itku ollut tuskaa vapauttanut. Oli vain
ollut hailea laastari, joka oli peittänyt tummanpunaisen
vuolaan verenvuodon, jotta pystyi lähtemään ulos,

käymään töissä, tapaamaan perhettä ja ystäviä. Ihmisiä, jotka eivät tienneet mistään mitään.

Oli Katilla itkussaan kaveri, Osku. Mies ei voinut muuta kuin istua vierellä, kiertää kädet ympärille ja ihmetellä. Hän oli mielestään tehnyt kaiken, ainakin parhaansa. Hän oli maksanut abortin, hakenut Katin syrjäisestä sairaalasta ja järjestänyt itselleen vapaata useiksi tunneiksi kotiutumispäivänä, sunnuntaina. Muutoin hän vietti sunnuntait perheensä kanssa toisella paikkakunnalla. Hänhän oli siis omasta mielestään lähes herrasmies, no ei ehkä varsinaisesti, mutta ainakin sinne päin.

-   En minä nyt oikein ymmärrä, mitä niin kovasti itket. Kaikkihan oli etukäteen sovittu, tehty oli mitä voitiin ja nyt olisi uusi jakso elämää edessä. Se jakso sujuisi kuten ennenkin, salaa ja hissukseen ainakin jonkin aikaa, kunnes saisin oman sotkuisen elämäni järjestykseen. Siihen pyrin koko ajan. Sinäkin olet hyväksynyt tilanteen ja olet tiennyt, mitä oli pakko tehdä. Olet suostunut kaikkeen, et ole joutunut maksamaan mitään, ihmetteli Osku neuvottomana ja yritti omalla tavallaan lohduttaa Katia.

Eikä Kati voinut ymmärtää, että Osku ei ymmärtänyt, ei mitään. Katihan suri kaikkea, myös Oskua, tämän perhettä, Oskun onnettomia ja olemattomia pyrkimyksiä, joihin moni ei tainnut uskoa. Itki niitä muutamia vapaita varastettuja tunteja, jotka Osku oli urhoollisesti valheilla järjestänyt, myös täksi sunnuntaiksi, kohta koittavaa väistämätöntä eroa, sitten yksinäisyyttä. Loputonta itkuaan Kati itki.

Katin kyyneleet kuiskivat menetetylle pienelle elämälle, jonka hän olisi halunnut jatkuvan. Hän oli joutunut valitsemaan, joko Osku tai tuo pieni, syntymätön. Hän oli ollut heikko, tyhmä ja johdateltavissa. Sen hän nyt ymmärsi, siitä tuli lohduttomuus. Hän oli pohtinut ratkaisua avuttomana, nähnyt itsensä aviottomana äitinä 1970-luvun pääkaupungissa. Hänen omat ahdasmieliset vanhempansa olisivat välittömästi katkaisseet välit häneen, ehkä myös sisarukset. Hän olisi joutunut muuttamaan vuokra-asunnosta lapsensa kanssa ja mahdollisesti eroamaan työpaikastaan, äidinkielen opettajana häntä ei ehkä olisi voitu enää hyväksyä. Oskun hän olisi joka tapauksessa menettänyt, näin tämä oli uhannut monta kertaa. Luvannut maksaa kaikki kustannukset ja vakuuttanut pyrkivänsä edelleen eroamaan. Minne muka pyrkinyt…

Kati oli painiskellut ratkaisun kanssa, kysynyt neuvoa uskotultaan Terhiltä, joka toimi sairaanhoitajana. Toinen Katin uskotuista, Alisa oli ollut kiireinen, juristi pitkällä ulkomaankomennuksella. Ei tavoitettavissa tähän hätään.

-   Viimeisten kuukautisten ajan voit vapaasti valehdella, jotta raskauden keskeytys voitaisiin suorittaa laillisesti 12 raskausviikon aikana. Uusi laki astui juuri vuoden 1970 alussa voimaan. Eivät lääkärit osaa toisen puolesta varmuudella kuukautisten ajankohdista tietää, oli Terhi valistanut Katia, joka tiesi laillisen ajan jo menneen.

Näin Kati oli sitten tehnyt, valehdellut varmalla äänellään niille kahdelle lääkärille, joiden lausunto oli ollut pakollinen, jotta raskaus voitiin sosiaalisista syistä keskeyttää.

Terhi oli kuunnellut surullisena Katia, pahoitellut sydämensä pohjasta pakollista, mahdotonta valintaa, ei ollut kehottanut suuntaan eikä toiseen. Oli ulkopuolisen mahdotonta tietää, mikä oli hyväksi. Mutta varmaa oli, että Terhi ei hiiskuisi asiasta koskaan kenellekään, Terhi oli kivimuuri, sortumaton ja vahva. Muille ystäville Kati ei ollut uskaltanut asiasta kertoa, olisi varmaan ollut hyvä jutella vaikka Alisan kanssa. Mutta kun piti toimia niin nopeasti.

Ne kaksi pakollista lääkärissä käyntiä olivat olleet hirveitä. Kati oli joutunut huijaamaan ettei hän halunnut lasta, vaikka eniten maailmassa juuri äidiksi hän oli halunnut.

- Kuka on lapsen isä? oli nuori mieslääkäri kysynyt.

Kati oli selittänyt, että tämä toimi niin merkittävässä asemassa - tosin pienellä paikkakunnalla - ettei aviottoman lapsen saaminen hänen kanssaan voinut tulla kysymykseen. Olisi maine mennyt.

- 	Onko todella olemassa mitään niin tärkeää asemaa? oli lääkäri jatkanut kyselyään. Viisas oli ollut, mutta sen Kati tuli ymmärtämään vasta vuosien kuluttua. Ehkä lääkäri oli halunnut avata Katin silmät.

Kati oli potkaissut lääkärin pöytää ja tuiskaissut, että kyllä oli. Häntä olivat hävettäneet omat puheensa, sillä Oskulla oli vain rakennusliike, tosin hyvin menestyvä. Toki Kati ymmärsi, miten hölmö ja epäuskottava hän oli. Hän halusi tulevaisuudessa elämään yhdessä Oskun kanssa ja sitten paljon yhteisiä aviolapsia.

Osku oli hakenut hänet sairaalasta, maineikkaasta pienestä yksityissairaalasta, sivukadulta. Hienotunteisen toimenpiteen jälkeen oli seuraavana aamuna annettu ylellinen aamupala, lohta ja kaikkia herkkuja. Ja sitten kotiin kyyneltulvaan.

Kun Kati sitten vihdoin muutaman vuoden jälkeen uskalsi uskoa, että Oskun pyrkimykset yhteiselämään hänen kanssaan olivat olleet pelkkiä sanoja, vuosien varrella homehtuneita ja pilaantuneita ällöttäviä hokemia, oli Osku saanut näyttävät, lentävät hatkat. Ei Kati häntä ikävöinyt. Ja kohta oli Oskulla kuulemma kainalossaan uusi neitokainen, nuori ja soma. Uusi valheellisten pyrkimysten uhri.

Katilla ja Alisalla oli tapana käydä kahvilla ja leivoksella Kluuvikadun Fazerilla, pyöreän peilikaton alla. Se oli hieno paikka ja leivokset olivat kuuluisia, herkullisia ja kauniita, heille juuri passeleita. Mutta vaarana oli, että keskustelu kuului vastakkaisella puolella olevien kahvittelijoiden korviin, sen kaarevan katon kautta salaa kulkeutuneena. Hienoinen yllätys oli, kun Alisa ehdotti paikan vaihtoa. No, mikäs siinä ja syykin selvisi. Salaisuus, olihan Kati Alisan ainoa, luotettu ystävä. Paljon oli Alisalla ystäviä ja tuttuja, mutta täysin luotettavia vain Kati. Eikä nyt saanut ulkopuolisille hiiskua, ei koskaan.

Alisa oli itsellinen ja määrätietoinen juristi. Vakituisessa valtion virassa, hyvät tulot, kaunis valoisa omistusasunto keskellä pääkaupunkia, suosittu miesmaailmassa ja ripeä heittämään heittiöt pellolle. Toisenlainen kuin Kati, joka jahkaili päätöksiä vielä jälkikäteenkin ihan kuin sellaisessa olisi jotain järkeä. Ei, Alisalle oli päätöksenteko helppoa - ja mieleistä. Kai sellaiset ihmiset ajautuivat uralle, jossa sai tehdä päätöksiä. Välillä meni railakkaasti metsään, mutta viis siitä, uusia ratkaisuja täytyi tehdä päivittäin.

> - Kuule, tämä on tietysti iso salaisuus. Olen ihan vahingossa tullut raskaaksi ja päättänyt teettää abortin. Mutta nyt olen alkanut vähän epäröidä ja haluaisin uskonvahvistusta. Pitää pikkuisen tuulettaa ajatuksia. En edes ole varma viimeisistä kuukautisista enkä isästä. Sen verran vauhdikasta menoa on viime aikoina ollut eikä ole ehkäisy aina kerennyt mieleen. Mitä ajattelet? Olen vähän säikähtänyt, puulla päähän lyöty enkä pysty

oikein selvästi ajattelemaan, Alisan puhetulvalle ei
tuntunut tulevan loppua ja kysymykset
pomppivat sinne tänne kuin bingopallot.

Katille tieto Alisan raskaudesta oli kuin puukonisku
sydämeen, unohdetut tunteet taas vereslihalle. Kati ei
ollut kertonut Alisalle omasta raskauden
keskeytyksestään, vaikka tämä oli pitkän ajan kuluttua
jälleen kotiutunut Suomeen. Oli halunnut unohtaa,
deletoida mielestään.

- Mutta Alisa, minä kyllä olen aivan varma, että jos
  kuka niin sinä olisit loistava äiti, pärjäisit
  erinomaisesti yksinäisenä äitinä, olisit
  esimerkkinä ja esitaistelijana kaikille muille
  samassa tilanteessa oleville onnettomille, joiden
  on pakko luopua lapsesta. Et sinä mitään miestä
  rinnallesi ja lapsellesi tarvitsisi, ehkä olisitte
  onnellisempia ilman ylimääräistä kaksilahkeista
  vaivoina. Tulot riittäisivät reilusti, omassa
  kodissasi on hyvin tilaa etkä siitä valtion virasta
  voisi saada potkuja. Olet vahva kestämään pitkiä
  katseita ja solvaavia sanoja, nokka pystyyn ja
  korvat kiinni. Kaikki olisi sinulle ja lapsellesi ihan
  loistavasti. Ihana ja mahtava elämä edessä,
  analysoi Kati vilpittömästi.

Alisa kuuli, kuunteli ja ymmärsi. Pohti, mietti ja harkitsi.
Oli tullut rohkeita näkökulmia, uutta maailmaa ja
mahdollisuuksia näkyville, kirkas hopeareunus pilviin.

- Ja sitten tarvitsisin henkilön, joka tulisi hakemaan
  minut sairaalasta. Eivät päästä yksin ulos.
  Voisitko tulla, jos kuitenkin päädyn sinne, kysyi
  Alisa vaimealla äänellä.
- Tottakai tulen hakemaan sinut milloin ja mistä
  vain. Mutta oletko ihan varma ratkaisusta?
  Kunpa uskaltaisit. Voisitko harkita uudestaan.
  Olisin apuna tarvittaessa ja siitä olisi iloa ja onnea
  minullekin. Iso ratkaisu, koko elämän mittainen
  eikä perua voi, lateli Kati itsestään selviä
  totuuksia.

Oli välttämätöntä kahvitella uudestaan, ei kaikkea voinut
heti nielaista, ei edes Alisa. Mutta pian, aika riensi.
Seuraava tapaaminen koitti kohta, Kati oli toiveikas.

- Keskeytys on tässä tilanteessa paras ratkaisu. Ei
  ole nyt muuta mahdollisuutta. Ajatkin käyvät
  vähiin, tiivisti Alisa ratkaisunsa pontevasti.
- Lääkäreille voi helposti valehdella viimeisten
  kuukautisten ajankohdan. Aikaa on enemmän
  kuin lain kirjaimen mukaan laskeskelet, vakuutti
  Kati vielä epätoivoisena.

Kati haki Alisan sairaalasta, kuivasi myötätunnon
kyyneleitä ja halasi Alisaa - pitkään. Alisan askel oli kevyt,

olo vapautunut ja juhlasuunnitelma valmis. Tietty, hänhän ei kauaa asioita vatvonut. Kotona odotti kuohuviinipullo, nyt oli juhlan aika. 1970-luvun alussa ei ilman kulmien kohotusta olisi tullut kysymykseen, että he olisivat menneet ravintolaan naisseurassa keskellä päivää viiniä juomaan. Ei toki, siinä se maine olisi viimeistään mennyt.

Katille tulivat taas kyyneleet. Alisa sen sijaan oli helpottunut ja suorastaan riehaantunut. Kippis!

- Minulla oli vaikeuksia saada kahden lääkärin lausunto abortin hyväksymiselle. Jouduin jopa uhkaamaan kantelulla. Taisi olla lääkäreiden vaikea sopeutua uuteen lakiin, oli vanhoja, vahvoja uskonnollisia näkemyksiä, luutuneita periaatteita. Lopulta peräti neljän lääkärissä käynnin jälkeen onnisti ja sain kaksi lausuntoa hanskaan, kertoili Alisa vapautuneesti ja nosti taas lasin huulilleen.

Siinä nyt istuivat viinilasit käsissä parhaat ystävykset, samat kokemukset, vastakkaiset tuntemukset. Sama asia, eri asia. Eri ihmiset, eri elämä.

Pysyi myös ystävyys, luottavaisena ja tasaisena, vuosia, vuosikymmeniä. Elämä kuljetti ja kantoi, ystävykset kannattelevat toisiaan.

Katista tuli lempeä ja puuhakas vaimo aviopuolisolleen, turvalliselle ja luotettavalle naapurin miehelle. Katista tuli kolmen ihanan tyttären onnellinen äiti. Alisa ja Terhi saivat kunnian ryhtyä kummeiksi.

Alisa säilytti luontaisen itsenäisyytensä, teki mallikkaan uran valtion hallinnossa - ja huolehti ehkäisystä. Hän ei saanut koskaan lapsia, vauhtia riitti muutenkin.

Vuosikymmenten saatossa ystävysten kahvit ja leivokset olivat vaihtuneet kuohuviiniin, istuttiin eri ravintoloissa ja rupateltiin. Arkisia asioita yleensä, välillä ratkottiin omia piskuisia ja suurempiakin ongelmia, välillä isänmaan ja maailman murheita. Kaikki aina ratkesi, kun sai jutella. Se oli ollut ystävättärien keino selviytyä. Ei ollut tarvetta terapialle eikä laajemmalle vertaistuelle.

Tuli vuosien, vuosien kuluttua kerran luontevasti puhe Katin ja Alisan kesken elämän suurista ratkaisuista. A-sanaa ei tarvinnut lausua, kumpikin tiesi mitä toinen tarkoitti.

- En ole kertaakaan, ei kertaakaan missään tilanteessa katunut ratkaisuani. Se oli todella hyvä päätös, kippis taas sille! Elämä yksin muttei yksinäisenä on ollut minulle aina just oikea ja paras, vakuutti Alisa vilpittömästi.
- Jassoo, oikein hyvä niin, iloitsi siihen Kati.

Eikä siitä sitten sen enempää.

Kaikki elämänsä vuodet Kati katui omaa päätöstään raskauden keskeytyksestä, katui syvästi ja usein. Tuli pintaan surumieli ja itku usein, ei voinut estää.

Kun hän katsoi tyttäriään, ihania ja iloisia nuoria, taitavia ja menestyneitä, hänelle tuli järjettömän ja tahallisen itse aiheutetun vääryyden, melkein rikoksen tunne. Rikos, jossa hän oli sekä tekijä että uhri. Hän oli päätynyt kohtalokkaaseen väärään ratkaisuun, tyhmyyttään, nuoruuttaan. Omatunto soimasi, sielu kaipasi. Vain hän tiesi ja tunsi menetyksen. Syyllisyys ei päästänyt irti, pirulainen tarrasi pitkillä terävillä kynsillä ja roikkui tiukasti kiinni. Näykki ja puri.

Kati näki sielunsa silmillä vanhimman syntymättömän lapsen mukana juhlapöydissä, syntymäpäivillä, joulujuhlissa ja kaikissa muissakin perheen riemuissa. Kolmen kirkassilmäisen ihanuuden sijasta neljä, vielä yksi upea ihminen. Pienellä olisi ollut oikeus kasvaa ja elää, nauraa, kokea elämän riemua ja rakkautta.

Mutta ei, yhden raukkamaisen pettäjän, saamattoman miehen retaleen olemattoman maineen vuoksi oli käynyt niin kuin oli käynyt. ♣

I NEVER PROMISED YOU A ROSEGARDEN

Vaaleansininen kuplafolkkari odotti ison, monikerroksisen opiskelija-asuntolan edessä, auton etuovi auki. Vieressä tupakoi hermostuneena oloisesti tummatukkainen saksalainen komistus. Oli pähkinänruskeat silmät, veikeä ilme katseessa, somat hymykuopat, tumma laineileva tukka ja ihan kelpo kroppakin. Kohtelias ja hauska. Siinä seisoskeli Gerhard. Mietti ratkaisua, loistava vai erityisen loistava vai jotain siltä väliltä. Mielessä pyörivät laulun sanat 'I never promised you a rosegarden'.

Kyllähän sellaista ilmestystä kelpasi suomalaistytön, Pirren ihastella. Oli Pirrekin varsin näyttävä ilmestys erityisesti saksalaisittain katsottuna. Pohjoismainen viikinkineitokainen, vaalea pitkä tukka usein poninhännällä tai ihan valtoimenaan, solakka ja sopusuhtainen vartalo, siniset silmät ja rento, luonnollinen olemus. Hymykuopat puuttuivat, mutta Pirre nauroi mieluummin kuin hymyili.

Nyt vaan ei kummaltakaan irronnut hymyä, naurusta puhumattakaan. Oltiin eropuuhissa, pohjois-saksalaisessa yliopistokaupungissa Münsterissä, ikivanhassa

kulttuurikaupungissa. Kuuluisa Münsterin rauha oli
päättänyt 30-vuotisen sodan vuonna 1684. Ja toisessa
maailmansodassa kaupunki oli tuhottu raunioiksi, mutta
rakennettu kokonaan uudeksi, vanhaa kunnioittaen. Tässä
hienossa ja tunnelmallisessa kaupungissa Pirre oli saanut
yliopistojen keskinäisen opiskelijavaihtojärjestelmän
johdosta opiskella puoli vuotta nyt syksyyn asti, tähän
loistavaan ja kauniiseen syyskuun päivään saakka. Mutta
nyt oli aika tiimalasissa loppu, opiskelut täällä olivat
pulkassa, opiskelija-asunnon vuokra-aika päättynyt ja eron
hetket edessä. Ei siis paljon naurattanut.

Gerhardin taskussa pullottivat hänen Pirrelle kauan sitten
hankkimansa junaliput Kööpenhaminaan ja sieltä
Tukholmaan. Sitten laivalla Suomeen, mukamas siihen
suloiseen Suomeen, vaikka Pirre olisi tuhat kertaa
mieluummin jäänyt Saksaan.

Ei Suomessa Pirreä mikään odottanut, määräilevät
vanhemmat saisivat pirskatin pitkän nenän, jos heidän
hankala ja tottelematon tyttärensä jäisikin rakkauden
vuoksi Saksaan. Pirre muisti aina vanhempien ystävän
tokaisun yhtenä vappuaaton yönä, että tytär oli 'kuin
riihen seinästä repäisty'. No totta hitossa oli, kun hänet oli
keskellä yötä hälytetty kuskiksi vanhemmilleen juhlien
jälkeen ja repäisty, jos nyt ei ihan riihen seinästä niin
ainakin omasta sängystä ja ihan yllättäen. Ei siinä ollut
tullut keskellä yötä mieleen piipata tukkaa ja vääntää
juhlameikkiä naamaan, kun piti vanhemmat saada
vikkelästi viinipullojen äärestä omaan kotiinsa
nukkumaan. Puhuja oli ollut itseään herrasmiehenä ja

komeana sellaisena pitävä rehtorismies. Kuulemma kaikki neitokaiset koulussa kääntyivät katsomaan, kun tämä pitkä ja itseään kovin salskeana pitävä rehtori tepasteli koulun käytävillä. Pirre oli päättänyt näyttää rehtorin lennokkaan ja sopimattoman analyysin vääräksi ja viedä alttarille tyylikkään ja upean tyypin.

Mutta nyt Gerhard oli viemässä häntä tasan toiseen suuntaan, kauas alttarista.

Eipä liioin muutakaan mukavaa odotettavaa Suomessa ollut, ystävät olivat jo onnellisesti vakituisessa suhteissaan, toisilla lapsi tai useita sellaisia jaloissa pyörimässä. Ja jutut olivat samaa luokkaa, kuka ei ollut saanut ollenkaan tai ainakaan riittävästi nukutuksi, kenen rahat olivat loppu, mitkä tukiaiset oli ovelinta hankkia, kuka ei tullut toimeen anopin kanssa, kuka tuli liiankin hyvin toimeen appiukon kanssa. Ja sitä rataa.

Pirren elämä Saksassa olisi tulevaisuudessa hyvinkin mahdollista, onnellistakin. Opiskelut sujuivat molemmissa maissa yhtä hyvin ja uusien EU-säännösten mukaan oli vaivattomasti mahdollista suorittaa hyväksytty kaupallinen tutkinto molemmissa maissa. Jos nyt sitten Pirre naimisissa ollessaan tulisi Saksassa edes työskentelemään, valmistumisesta ja haluistaan huolimatta. Se ei olisi Saksassa välttämättä aivan tavallista, kun useille miehille oli kunnia-asia pitää vaimo tiukasti kotona.

Pirre oli koulussa ollut innostunut opiskelemaan saksaa ja ollut lähes opettajan lempilapsi. Ylioppilastutkinnon jälkeenkin he olivat pitäneet rennosti yhteyttä opettajan kanssa, silloin tällöin istuneet kahvilla ja jutelleet kaikenmoisista asioista. Pirre oli tietysti kertonut saamastaan stipendistä Münsterin yliopistoon, johon opettaja oli heti spontaanisti huudahtanut, että ei hemmetissä. Pirren tuli ehdottomasti varoa rakastumasta ja jäämästä Saksaan nyrkin ja hellan väliin. Sellaista naisen elämä kuulemma siellä oli - opettajan varman tiedon mukaan.

Mutta niinhän siinä sitten tietysti oli käynyt, että Pirre oli heti, tulisesti ja vakavasti rakastunut Gerhardiin. Ja Gerhard oli samalla tavalla vakuuttanut rakastuneensa Pirreen. Asia selvä! Paljon he olivat keskenään puhuneet, olivat isossa tunnemyrskyssään leikkineet järkeviä. Mitä se rakkaus ylipäätään oli, osasivatko he rakastua ja sitten vain rakastaa, miten eri maalaisten kulttuurit ja tavat kohtaisivat, minkälainen olisi oppineen ja koulutetun naisen asema vanhoillisessa Saksassa, miten Pirre mahtuisi pujahtamaan sinne nyrkin ja hellan väliin. Pirren mielestä kaikki oli ratkaistavissa, helpostikin.

- Ei tehdä ongelmia sinne, missä niitä ei ole. Kyllä tasa-arvo tekee tuloaan myös Skandinavian ulkopuolelle. Siinä voin olla mallikas tiennäyttäjä, vakuutti Pirre pientä Suomen lippua leikkisästi heilutellen ja elämästä Saksassa unelmoiden.

Mutta Gerhard näki asian toisin, hän tunsi maansa ja sen tavat, ihmiset ja synkät ennakkoluulot ulkomaalaisia kohtaan, epäröi vahvasti.

- 'I never promised you a rose garden', lauloi Gerhard taas ja hymyili Pirrelle rakastuneesti.

Hän oli laulanut samaa laulua usein heidän romanssinsa aikana opiskelijajuhlissa, karaoke-illoissa ja asuntolan viikkositseissä. Ja katsonut Pirreä anteeksipyytävästi syvälle sinisiin silmiin, lähetellyt lentosuukkoja - ja saanut railakkaita aplodeja.

Nyt oli siis tekojen aika. Gerhard odotti Pirreä, tämän vähäisiä matkatavaroita, veti henkosia ja mietti miettimistään. Oliko missään mitään järkeä, miksi piti tehdä näin vaikeita päätöksiä, rakastua ulkomaalaiseen edistyksellisen ihanaiseen ja sitten erota. Maailmassa oli yli neljä miljardia naista, toinen toistaan ihanampia ja kauniimpia. Ja kuitenkin tuo suomalainen, aito metsäläinen, vilpitön ja sopeutuvainen Pirre tuntui vaan niin oikealle. Mutta eihän Gerhard ollut luvannut Pirrelle ruusutarhaa, ei mitään. Pirre oli suomalainen ja kuului Suomeen, niin Gerhard oli toistellut monta kertaa - ja taas laulanut siitä hiivatin ruusutarhasta.

Odotus venyi ja venyi. Jospa Pirre ei tulisikaan tai olisi jo lähtenyt hyvästiä sanomatta, tehnyt kaiken helpoksi. Olisipa siinä kätevistä kätevin ratkaisu. Matkaliput jäisivät käyttämättä, mutta sen taloudellisen tappion Gerhard vielä pystyisi tässä poikkeuksellisessa tilanteessa kestämään, vaikka olikin tunnettuun saksalaiseen tapaan nuuka kuin Nuuskamuikkunen.

Mutta ei, sitten silmät itkusta punaisina tuli Pirre. Ei oikein voinut katsoa silmiin, halasi lujaa ja niiskutti koko ajan. Ja juuri silloin sen onnettoman vaaleansinisen kuplafolkkarin autoradiosta kuului 'I never promised you a rose garden'. Eipä naurattanut kumpaakaan, molemmat huitaisivat samaan aikaan radion kiinni ja yrittivät olla kuin eivät olisikaan. Laulu avasi Pirren kyynelkanavat täydelliseksi Niagaraksi. Ei sille mitään voinut.

- Lähdetäänkö? kysyi Gerhard ja tuijotti eteensä.
- Jos on pakko, kuiskasi Pirre tuskin kuuluvasti.

Ei Pirre voinut katsoa, minne matka vei eikä siitä mitään hyötyä olisi ollutkaan, koska ei hän tiennyt missä se rautatieasema oli, eipä ollut väliäkään. Hän oli tullut Münsteriin yhdessä kaverin autolla. Kai Gerhard tiesi ja osasi ajaa asemalle. Oli kuulemma ainakin puolen tunnin matka. Ja siltä se tuntui, vaikka oikeastaan aika kului aivan liian nopeasti. Maisematkin olivat masentavia, ei lohduttanut mikään, ei ainakaan huvittanut maisemia ihastella.

Sitten vaaleansininen kuplafolkkari pysähtyi pienen valkoisen ja soman, tummilla puupuitteilla koristellun baijerilaistyylisen rivitalon eteen. Gerhard hymyili, hymyili leveästi mutta epävarmasti, pähkinänruskeat silmät tuikkivat ilkikurisesti.

- Tässä olisi se hella, nyrkkiä ei olisi tarjolla nyt
  eikä tulevaisuudessakaan. Saisit vielä jatkaa
  opiskeluja ja mennä töihinkin, kun kerran haluat.
  Jos vain uskallat, virnuili Gerhard.

Gerhard oli itse valmis tähän seikkailuun, valmis
repimään matkaliput, valmis kärsimään kohtuullisen
taloudellisen tappion ja opettelemaan skandinaavisten
perheiden tavoille. Ne olivat ihan mukavat, tasapuoliset ja
suorastaan suositeltavat laajemminkin - varsinkin kun
rakasti. Ja taloudellisestikin hän arveli jäävänsä reilusti
plussan puolelle, jos vain tehokas ja viisas Pirre suostuisi.

- Ruusutarhaa ei ole, mutta sitähän minä en ole
  koskaan luvannutkaan, naurahti Gerhard ja halasi
  lujasti Pirreä.
- Niitä piikkejä ei kukaan kaipaakaan, sai Pirre
  onneltaan sanotuksi. ♣

KOHTALOKAS PUHELU

Rakastuminen on kuin ripuli. Mitään ei mahda ja housuihin menee. Mutta millä vauhdilla, sitä ei voi ulkopuolinen kuvitella.

Juuri te siellä ette voi kuvitella. Te, joille kaikki on elämässä järkevää ja suunnitelmallista. Koulut hyvin lopetettu, opiskelut vielä paremmin aloitettu, kumppani löytynyt samalta sosiaalitasolta, kihloihin, naimisiin - ei pakosta, 1,4 lasta soveliaan ajan kuluttua, labradorinnoutaja, valkoinen tiilitalo ja ruusuköynnökset. Tätä rataa koko elämä onnellisesti loppuun saakka. Söpöä ja säntillistä!

Tässä ei ole tietenkään teille mitään uutta eikä kummallista, näinhän elämässä eletään.

Ellei sitten aviopuoliso kyllästy henkareiden oikeaan asetteluun, taulujen suoristeluun, sohvatyynyjen pikkutarkkaan asemointiin, kukkien kääntelyyn, haarukoiden ja veitsien täsmälliseen sijoitteluun astianpesukoneeseen, hammastahnatuubin korkin sulkemiseen ja lauantai-illoiksi ohjelmoituun rakasteluun. Ja ala etsiä virkistävää vaihtelua, nuoria höynäytettäviä kumppaneita. Toistaiseksi tai vähäksi aikaa, kaikki käy.

Nimimerkillä 'aikaa myös iltapäivisin' - mutta ei juhlapyhinä, viikonloppuina eikä lomien aikana.

Juuri tällaiseen, kiltteyteen kyllästyneeseen aviomieheen tunnemyrskyistä vapaa ja muutoinkin tasapainoinen Tiina retkahti niin että kaikkia päitä vieläkin pakottaa. Erityisesti vuosien ja järkevän analysoinnin jälkeen tosi kovasti pakottaakin. Mutta miksi, se selviää teille kohta ja helposti, ellette jo itse epäile Tiinan karua kohtaloa.

Kun pitkä ja komea, tummahiuksinen ja suupaltti lääke-edustaja asteli punaisessa poolossa ja prässätyissä housuissa apteekkiin tapaamaan jo harmaantunutta ja hiukan hassahtanutta apteekkaria, oli Tiina myytyä tyttöä. Vanha temppu toimi, Tiina pudotti edustajan jalkoihin Burana-purkin - ei perinteistä valkoista pitsistä nenäliinaa. Kun hän yhdessä lääke-edustajan kanssa nosti ihan vahingossa pudonnutta lääkepurkkia ja kun heidän katseensa kohtasivat, kuului vain klik, klik. Molemmilla kipinöi.

Eikä siitä mitään kovin hyvää seurannut, arvannette sen.

Siinä oli lääke-esittelijänä Jere, enemmän tai vähemmän tukevasti ja pitkäaikaisesti naimisissa kouluaikaisen ystävättärensä kanssa, lähes aina matkatöissä ja sutkisti lääkkeitä esittelemässä. Kymmenisen vuotta Tiinaa vanhempi, kokenut, hauska ja sulava kiharapää. Ja siinä oli Tiina, nuori, söötti ja tunteikas, Elizabeth Ardenin Green Tealle tuoksuva vapaa farmaseutti, kovasti vanhaksi piiaksi jäämistä peläten. Vilpitön ja iloinen neitokainen. Juuri sopiva höynäytettävä.

Molemmilla hormonit, ne vihon viimeiset järjen irvikuvat, hyrräämässä yhtä aikaa ja samaan suuntaan - niin he luulivat.

Jere, osoittautuen selkärankaiseksi rakastajaksi, kertoi heti alkajaisiksi Tiinalle, että hänellä oli kyllä jo ystävätär Turussa, mutta hän panisi sen suhteen nyt hetsilleen poikki ja kertoisi löytäneensä Tiinan. Todellisen rakkauden, sielunkumppanin ja parhaan ystävättären. Vaimon kanssa oli kuulemma jo vapaus kummallakin mennä ja tulla omien mieltymysten mukaan. Sitten, kun lapset olisivat isompia, olisi suurten ratkaisujen aika.

Nyt te tietysti ajattelette, että tämä tarina on jo kuultu miljoona kertaa, mutta huomioikaa, että Tiinalle kerta oli ensimmäinen. Hän oli rakkauteen retkahtanut silmiä ja korvia myöten, ei maistunut ruoka, ei juoma, ei pystynyt nukkumaan eikä töihin keskittymään. Silmissä tähdet säkenöivät ja Jere täytti kaikki ajatukset. Ei arvostelukyvystä tietoakaan. Apteekissa asiakkaita oli pakko palvella ja hymyillä leveästi, siitä piti apteekkari huolen. Hymy olikin herkässä, mutta järki hukassa.

Ei hätää, sillä Tiina oli onnellinen, arvosti Jeren rehellisyyttä, vilpittömyyttä ja avoimuutta. Ei hän ollut aikaisemmin tavannut miestä, joka hänen vuokseen oli valmis panemaan poikki toisen rakkaussuhteen, oikeastaan sivusuhteen. Hyvänen aika, miten vastuullista ja luotettavaa käytöstä, ihmetteli Tiina viattomasti.

Tiina tunsi olevansa voitolla, hän oli päihittänyt turkulaisen ystävättären ja monivuotisen vaimon. Hän, jota aikaisemmin tuskin komistukset olivat edes huomanneet. Hän, jolla ei aikaisemmin ollut ollut vakavasti otettavia suhteita. Mitä nyt muutama opiskeluaikojen yhden yön erehdys, jota oli saanut hävetä pää punaisena pitkään ja hartaasti. Ei ollut kehdannut kertoa edes parhaille ystävättärille. Ylilyöntejä alkoholin kanssa ja alisuorittamista ihmissuhteissa.

Jeren kanssa kaikki oli toisin. Suhde piti pitää salassa, kaikkihan tunsivat Turun seutuvilla Jeren, ja olisi parempaa ja tehokkaampaa työn kannalta, että tapaamisissa pidettäisiin hiukan sordiinoa yllä. Siis ei samppanjaillallisia Michelin-tähdellä palkitussa Kaskisissa, vaan vaatimattomammissa ravintoloissa kaupungin ulkopuolella. Käynnit Turun Apteekkimuseossa olivat myös hyvää harhautusta.

Ja olihan Tiinalla Turussa oma asunto, siellä oli piilossa ikäviltä katseilta ja runsaalta tuttavapiiriltä ihana viettää yhteistä aikaa - silloin, kun Jerellä oli aikaa. Hänellähän oli vaativa ja liikkuva työ, ei aina vapaata samaan aikaan kuin säännöllistä työtä tekevällä Tiinalla.

Jerellä oli oma, soma piilopaikka, kesämökki Airistolla. Laadukas huvila, kätkössä juoruilijoilta ja naapureilta, mutta aika kaukana ja hiukan hankalan matkan päässä.

Tiina ymmärsi hyvin, että silloin tällöin Jere joutui riisumaan silmälasinsa naamioituakseen tutuilta, esimerkiksi poliisiautolta. Ja vetämään lipan silmille tungoksessa. Ja erkaantumaan kaupungilla Tiinan seurasta hetkeksi ikään kuin he eivät tuntisikaan toisiaan. Ja lähtiessään yhteiselle Lapin matkalle Tiinan kanssa Jere joutui istuskelemaan lentokentällä muussa, hänelle tutussa seurassa, joka sattumalta oli samaan aikaan lentämässä jonnekin, ties minne. Eikä Tiina saanut edes tervehtiä Jereä lentokentällä, varotoimi. Pakollinen hinta rakkaudesta, tuumi Tiina ja päätti kestää ponnekkaasti ja sisulla.

Joko alkaa pelottaa? No tottakai. Mutta tehän olette järkeviä, elämää nähneitä ja ymmärrätte kuvion. Ja ottakaa huomioon, että ette ole rakastuneita Jereen. Te osaatte arvioida, paljonko rakkaudesta kannattaa maksaa, milloin se on reilusti ylihinnoiteltu ja milloin käännytään kiristyksen tai petoksen puolelle. Ollaanko jopa rikosten törkeissä tekomuodoissa?

Kaikkeen tottuu, niin sanotaan. Ja niin tottuivat Tiina ja Jere, rutiineiksi muodostuivat pikkuhiljaa viikonloput ja juhlapyhät erillään - enimmäkseen. Vaikka kyllä Tiina välillä sai makupaloja yhteisistä loma-ajoista, tosin vähän vaan, mutta hyvää kannatti hänen mielestään odottaa. Jeren viehätysvoima pysyi ja läheisyyden kasvaessa voimistui. Sellaista se oikea rakkaus on, kertoi Tiina silmät säihkyen ystävättärilleen, jotka yrittivät avata hänen silmiään ja lopettaa vinoutuneen suhteen. Turhaan, tunteet sumensivat Tiinan katseen ja turruttivat järjen.

Eräs pienen pieni tapahtuma Jeren kesämökillä sai Tiinan enemmän kuin usein vielä vuosien kuluttua palaamaan ajatuksissaan takaisin mökille ja tuohon hetkeen, joka olisi voinut muuttaa kaiken. Todella aivan kaiken monen ihmisen, jo syntyneiden ja vielä syntymättömien osalta. Tuo hetki olisi voinut säästää monilta ihmisiltä onnen vuosia, mutta se olisi myös voinut päästää heidät katkerilta riidoilta ja sukupolvien mittaisilta, syviltä haavoilta.

Kerron, niin voitte itse arvella, miten pienestä kaikki voi olla kiinni. Pienen pienestä. Eikä teidän siellä kannata yhtään nostella kulmakarvoja!

Jeren oli ollut pakko soittaa vaimolle mökiltä, miten vaimon valmiiksi laittama eväsruoka olisi paras lämmittää syötäväksi. Tiina ei ollut parhaasta päästä kokkeja, nuorikin ja pitkään yksin asunut. Jerellä oli ollut eväänä 'muutamalle tärkeälle lääkäriasiakkaalle' timjamilla maustettuja porsaanleikkeitä, kermaperunoita ja raikasta moniväristä tuoresalaattia. Jälkiruuaksi omenapiirakkaa vaniljakastikkeella. Eikä Jere ollut varma, pitikö näiden herkkujen viimeistelyyn valjastaa uuni vai mikro vai joku muu vempain.

Tiinan mielestä puhelu vaimolle sujui mallikkaasti ja luontevasti. Mutta Jere oli toista mieltä. Sipaisi kädellä Tiinan rusottavaa poskea ja pyyteli anteeksi. Oli pakko soittaa vaimolle uudestaan, kun Jere oli käsityksensä mukaan puhunut vähän oudosti ja väkinäisesti, epätavallisesti. Ettei vaimolla heräisi mitään epäilyjä.

Jassoo, se oli siinä! Herätys!

Siis missä nyt oli se vaimon antama vapaus tulla ja mennä?

Jos Tiina olisi ollut viisas tyttö, hän olisi ymmärtänyt heti, että hän oli joutunut suuren luokan huijauksen kohteeksi. Täyttä potaskaa puhe aviopuolisoiden henkilökohtaisesta vapaudesta ja oikeudesta valita oma seura miten tahtoo. Jere oli tiukasti vaimon peukalon alla ja nyrkin iskujen ulottuvilla eikä aikonut tai uskaltanut ainakaan omasta tahdostaan irtautua avioliitostaan - ei todellakaan, ei ikinä, vaikka lapset olisivat jo eläkeläisiä.

Jos Tiina olisi ollut viisas, hän olisi lopettanut suhteen tyylikkäästi tai tyylittömästi. Ihan sama, kunhan vain olisi jättänyt Jeren porsaanleikkeineen ja omenapiirakoineen, avannut silmänsä ja siirtynyt heti elämässään aitoihin, rehellisiin ja lämpimiin ihmissuhteisiin. Nuori, huiputettu ja paljon vuosia väärässä suhteessa menettänyt nainen.

Herätys! Heti loppu - for ever!

Mutta ei…

Koska Tiina oli tyhmä tyttö, hän luokitteli sinisilmäisesti ja täysin väärin Jeren huomaavaiseksi ja ovelaksi herrasmieheksi, joka halusi olla pahoittamatta vaimonsa mieltä. Joka halusi kaiken uhalla pitää yllä tätä salaista rakkaussuhdetta Tiinaan. Suhde saisi joskus täyttymyksensä, päätyisi kaikkien nähtäville ja julkiseen onnelliseen avioliittoon, niin Tiina uskoi Jeren juttuja. Hän kuului kuulemma Jeren pitkän tähtäimen suunnitelmaan, pts:ään. Tiina jatkoi suhdetta muina naisina entistä ymmärtäväisempänä ja rakastuneempana. Ei hän voinut itselleen mitään, ripuli oli jo housuissa ja pysyi siellä. Tukevasti ja haisevana.

Uskokaa tai älkää - tai varmasti jo tiedättekin - näitä tiinoja on maailmassa paljon. Höynäytettyjä, hyväntahtoisia ja ehkä maailman murjomia nuoria, kilttejä tyttöjä, jotka pettyvät ihmissuhteisiin toinen toisensa jälkeen. Ajautuvat toistuvasti itselleen epäsopiviin tilanteisiin, valitsevat totaalisen vääriä kumppaneita ja tekevät huonoja ratkaisuja. Pystyvät käyttämään järkeä vasta huomatessaan tultuaan petetyksi. Ovat ihmisiä, isolla iillä.

Mutta niin on jerejäkin, jotka usein paljastuvat heikkotahtoisiksi ja epävarmoiksi ihmisiksi. Ovat hurmaavia ja hauskoja - suhteiden alussa, ehkä narsisteja. Ovat itsetunnoltaan kehittymättömiä, eivät ymmärrä olevansa epärehellisiä ihmissuhteissaan. Eivät kanna vastuuta toisten tunteista. Pelkureita. Eivät uskalla tehdä elämässään selkärankaisia ratkaisuja, nyhjäävät vanhoissa kuvioissa ja hakevat virkistystä salaisista suhteista. Syyttävät epäonnisista ihmissuhteista aina muita, niitä naisia tietenkin. Jeretekin taitavat olla vain ihmisiä, isolla iillä.

Ehkä on viisaitakin Tiinoja - mutta missähän he luuraavat...

Nyt jäätte varmasti miettimään, mitä Tiinan ja Jeren suhteelle kävi. Huonosti kävi, selvä se.

Kului neljä pitkää ja piinaavaa vuotta. Tiina kärsi Jeren pyrkimisiä odotellessaan, turhaan. Ei se pitkän tähtäimen suunnitelma koskaan kehittynyt sanoja pidemmälle. Suhteen paljastuttua - vahingossa - Jeren vaimo söi purkillisen nukahtamislääkkeitä, mutta pelastui Jeren pikaisten toimien johdosta. Tiinan usko Jeren pyrkimisiin tuli vihdoin ja viimein päätökseen. Neljä vuotta hukkaan heitettyä nuoruutta.

Katkeruus kiitoksena loppuiäksi. 

LUURANKO GOLFAA HANGOSSA

- *Huomenta, minulla on varma näköhavainto Tommi Asikaisesta. Ihan eilispäivältä. Pitäisi jutella sellaisen konstaapelin kanssa, joka tutkii Asikaisen katoamista. Havainto on varma, tyyppi oli ihan samannäköinen kuin Asikaisen kuva lehdessä. Voitteko yhdistää jollekin pätevälle poliisille, tutkijalle. Nopeasti.*
- *Kiitos soitosta. Näitä samanlaisia soittoja on tullut viime päivinä tänne poliisilaitokselle niin paljon, että emme valitettavasti voi juuri nyt ottaa niitä lisää vastaan. Voisitteko soittaa uudelleen muutaman päivän kuluttua, kun olette uudestaan harkinneet tuota näköhavaintoa. Kuulemiin.*

Elettiin vuotta 2008. Tarja Halonen oli Suomen presidentti ja USA:n presidentiksi valittiin Barack Obama, talouden näkymät synkkenivät Suomessa, syntyi häirintäkohu eduskunnassa ja ulkoministeri Ilkka Kanervan jouduttua eroamaan, pääministeri Jyrki Katainen pyysi uudeksi ulkoministeriksi europarlamentaarikko Alexander Stubbin, Suomea edusti Euroviisuissa Teräsbetoni kappaleella "Missä miehet ratsastaa" sijoituksena 22 ja viisut voitti Venäjä kappaleella "Believe", Pekingissä pidettiin kesäolympialaiset, joita varjostivat merkittävät ihmisoikeusloukkaukset, 23.9 tapahtui järkyttävä Kauhajoen kouluampuminen, jossa sai surmansa 11 ihmistä, ampuja koulun 22-vuotias oppilas surmasi itsensä, Martti Ahtisaarelle myönnettiin Nobelin rauhanpalkinto.

Ja Tommi Asikainen katosi, katosi jäljettömiin kuin maan nielemänä. Ei havaintoja, ei jälkiä, ei mitään. Maakuntalehti teki katoamisesta muutaman kuukauden kuluttua pienen jutun, poliisi kaipasi yleisöltä havaintoja.

Tommi Asikainen, lahtelainen liikemies, perheellinen kahden teini-ikäisen lapsen isä, vaalea viikinki, komea ja urheilullinen, tukevasti naimisissa ja yhtä tukevasti seurustelemassa pitkäaikaisen sihteerinsä Elinan kanssa katosi kuin maailman toivo rauhanomaisesta rinnakkaiselosta naapurimaiden kanssa. Ei jättänyt jälkeäkään, vain suurta ihmetystä firmassaan, sotkuisia raha-asioita ja hätää lähipiirissä. Tommi oli piinkova liikemies, kiinteistöjalostaja, jonka firma oli menossa kovaa vauhtia alaspäin. Ainoa asia, joka oli vielä menossa ylöspäin oli Tommin itsetunto. Rehentely oli Tommin vahva laji, hän oli kuuluisa positiivisuudestaan, joka välillä ryöpsähti pullisteluksi.

- Nyt on pakko jatkaa matkaa, vielä pari palaveria täällä lähistöllä. Kiitti taas tästä viikonlopusta, ensi kerralla on joku toinen surkein pelaaja, niin meinaan tulokset ihan itse laskea. Bisnekset kutsuvat, huikkasi Tommi ja sukelsi Porscheensa.

Takana oli kostean paikan golfviikonloppu kolmen hyvän kaverin kanssa Sastamalassa, Lakesiden golfkentällä ja yöpyminen Hotelli Ellivuoren sviitissä. Oli pelattu Pirunpelto, vaikea kenttä, mutta hyvässä seurassa ja golfautolla se oli sujunut hienosti. Jäljelle oli jäänyt vain sinne tänne ripoteltuja oluttölkkejä ja muutama metsään kadonnut pallo.

- Moikka, pidä ittes miehenä, toivottivat kaverit Tommille silmää iskien.

Nämä olivat kaverusten viimeiset havainnot Tommista. Sen jälkeen he eivät häntä tavanneet eivätkä hänestä kuulleet. Tommi ei saapunut työpaikalle eikä kotiin. Kaverit olivat ihmeissään, kotiväki kauhuissaan ja poliisit läheisten mielestä passiivisia, kehottivat odottamaan muutamia päiviä. Eiköhän sankari sieltä kohtapuoliin kotiutuisi.

Kyllä kaverit tiesivät, että Tommin viikonlopun bisneksiin ja palavereihin tarvittiin näpsäkkä sihteeri Elina. Kaverit osasivat tarvittaessa olla vaiti ja oli heillä tarvittaessa myös hyvin huono muisti. Kun poliisit sitten myöhemmin tiukkasivat, oliko heillä todella huono muisti, he olivat pokkana vastanneet, etteivät muistaneet. Kyllä siitä riitti vitsailua vielä pitkään.

-   Menestyvän miehen taustalla on aina nainen - jolla ei ole vaatteita, faktahan se on, naureskelivat kaverit.

Tommilla oli epämääräisen ja röyhkeän liikemiehen maine. Verottaja ja vakuutusyhtiöt jäivät usein toiseksi hänen liiketoimissaan eikä Tommi paljoa siitä piitannut. Vakuutusyhtiö oli pannut Tommin ja hänen yrityksensä tarkkailulistalle, kun firman vanhoja autoja kohtasi vähän liian usein tulipalo. Tarkkailulistasta Tommi ei tiennyt, ei hän siitä olisi mitään välittänyt. Huhuttiin, että Tommilla olisi ollut jotain liiketoimintaa myös lahtelaisen liivijengin kanssa.

-   Niin kauan kun näyttö ei riitä, hätää ei ole, ajatteli Tommi ja jatkoi entiseen malliin.

Kun Tommi katosi, jätti hän jälkeensä monta mysteeriä. Valkoinen Porsche Cayenne ja kännykkä olivat löytyneet Hotelli Ellivuoren parkkipaikalta, henkilökohtaiselta tililtä oli kadonnut lähes kaikki varat eli runsaasti rahaa. Auto oli kunnossa, kännykän tiedostot tyhjennetty. Pari lahjaksi saatua ja Tommin nimiin kaiverrettua golfmailaa sekä Tommin hienoimmat golfkengät, krokotiilin nahkaa, olivat kadonneet. Ei mitään elonmerkkejä Tommista kuukausiin.

Oli niin paljon epämääräisiä seikkoja, että varsin nopeasti oli virkavallan ryhdyttävä toimenpiteisiin. Tutkinnan johtoon nimettiin ylikomisario Mauri Lindberg. Toimia vaati myös Tommin vaimo, joka alkoi olla epätoivoinen. Kotoa oli kadonnut Tommin passi.

Poliisit saivat nopeasti selville Tommin ja Elinan läheisen suhteen ja tietysti paljastui, että Elina oli tosiasiallisesti ollut viimeinen, jonka varmuudella tiedettiin tavanneen Tommin. Muutaman päivän mittaisen hempeän kaupunkiloman jälkeen he olivat lähteneet eri teille, tähtäimessä Lahti ja perusmeininki. Vain Elina oli saapunut yksinäiseen kotiinsa.

> - Meillä oli selvä sopimus, että kumpikin ajaa Lahteen ja maanantaina jatketaan töitä tavalliseen tapaan. Vaikka suhde oli supersalainen, se oli kunnossa ja jatkuisi taatusti, vakuutti Elina poliiseille.

Koska Elina viimeisenä tiedossa olevana henkilönä oli ollut Tommin seurassa, olivat poliisit tutkinnassaan koko ajan valppaina Elinan suhteen. Useita kuulusteluja, oli kotietsintöjä ja todisteiden läpikäymistä, Elina oli vaitonainen. Silloin, kun hän suostui kertomaan jotain, hän puhui ristiin rastiin ja sekosi kertomuksissaan. Ei auttanut muu kuin kopittaa hänet muutamaksi päiväksi. Se oli neitokaiselle liikaa, ja jo aukesi runosuoni.

- Voin nyt kertoa kaiken, kun on pakko. Tommi
oli jo useita vuosia luvannut minulle ottaa eron
vaimosta, kuulemma kovasti pyrkinyt ja pyrkinyt.
Piti keskustella vaimon kanssa, mutta mitään ei
ollut tapahtunut. Päinvastoin, vaimolle oli vasta
nyt tämän tutkinnan aikana selvinnyt koko
meidän suhde, jonka Tommi oli monasti ja
jyrkästi vaimolleen kiistänyt. Tommi oli
säälimättömästä liikemiehen maineestaan
huolimatta henkilökohtaisissa asioissa pelkuri,
oikea pupujussi. Olen oppinut inhoamaan
pyrkimis-sanaa, se on suomen kielessä täysin
turha, halpa koriste ja saamattomuuden perikuva,
puuskahti Elina. Ei ollut itku kaukana. Ja jatkoi.

- Kehittelin lapsellisen kiristämisjuonen, jonka
onnistumiseen en uskonut hetkeäkään. Kirjoitin
Tommille kiristyskirjeen, jossa häneltä vaadittiin
100.000 euroa, jotta ei paljasteta suhdetta
vaimolle. Tommin piti odottaa tarkempia ohjeita,
koska kirje oli vain ensimmäinen varoitus.
Pelkurimaiseen Tommiin kirje meni kuitenkin
täydestä, hän kertoi siitä heti minulle ja paljasti,
että oli varmuuden vuoksi nostanut tilinsä
melkein tyhjäksi. Kaiken kukkuraksi Tommi
luovutti minulle säilytettäväksi 20.000 euroa siltä
varalta, että hänelle sattuisi jotain. Tommi selitti,
että oli parempi ettei hänellä ollut kiristäjän
vaatimaa rahaa, selitti Elina, joka oli ollut hyvin
tietoinen firman jyrkästä alamäestä.

Ajatus oli ollut yhtä looginen kuin Tommin
henkilökohtaisten asioiden hoito yleensäkin, siis ei mitään
logiikkaa. Elinaa hävetti koko juttu, ei hänen juonessaan
ollut logiikan häivähdystä.

- Rahat tai oikeastaan se, mitä niistä enää on enää
jäljellä, annan mieluusti pois, jos se auttaa
Tommin löytämisessä. Harmittaa ja kaduttaa
koko kiristysyritys hirveästi, olihan se tuhoon
tuomittu joka tapauksessa, valitteli Elina
poliiseille.

Elinalla oli tarkka selitys kaikelle oleskelulleen sen jälkeen,
kun he olivat Tommin kanssa eronneet Vammalassa,
valvontakameran kuva tankkaamisesta. Ei poliisien
mielestä Elinalla ollut mitään syytä luovuttaa saamiaan
rahoja, laillista niiden saanto oli. Poliisit tulivat varsin
vakuuttuneiksi, ettei Elinalla ollut mitään salaisia
havaintoja Tommista. Taivaan tuuliin, sinne oli haihtunut
naiivi unelma Elinan ja Tommin yhteisestä elämästä.

Poliisit kuulivat kaikkia Tommin läheisiä ja firman
työntekijöitä, ystäviä ja pelikavereita, ottivat sormenjälkiä
ja näytteitä dna-testejä varten. Rutiinia. Ei ilmaantunut
jälkiä Tommista, tileillä ei näkynyt tuntemattomia nostoja,
ei jälkiä valvontakameroissa eikä maan rajoilla, hiljaista oli.
Kun Tommista julkaistiin lehdessä valokuva ja pyydettiin
yleisöhavaintoja, alkoi soittoja tulla paljon. Se oli
tavallista. Samoin tavallista oli, että näköhavainnot olivat

virheellisiä eikä niistä ollut mitään apua, päinvastoin, paljon turhaa työtä. Kului ainoastaan kallista tutkinta-aikaa. Monet halusivat vain juttuseuraa - vaikka poliisin kanssa.

- Koska mitään havaintoja ei ole eikä ihminen voi vain haihtua olemattomiin ilman apukäsiä, on pantava tuulemaan ja kovat piippuun, ohjeisti tutkinnanjohtaja Lindberg. Kuten tiedätte, golfmaila voi hyvinkin olla tappoväline, kovempi ja vaarallisempi kuin moni muu astalo. Pakko löytää Tommi, mieluiten elävänä, mutta on otettava huomioon muutkin vaihtoehdot. Meidän on tutkittava perusteellisesti kaikki kivet ja kannot. Aloitetaan Tommin vapaa-ajanviettopaikoista.

Tommin tai hänen firmansa käytössä oli loma-asunto Airistolla ja toinen Espanjan Torremolinoksen liepeillä. Paljon aikaa Tommi oli viettänyt myös Hangossa, golfaten ja sukellellen, mikä oli toinen hänen intohimoistaan. Oikeastaan kolmas, missä järjestyksessä tulivat Elina, golf ja sukellus - sitä ei tutkijoilla ollut aikaa pohtia.

Tutkijoille ei tietenkään ollut epämieluisaa lähteä etelän aurinkoon etsimään kadonnutta toimitusjohtaja Tommia. Loma-asunto oli hulppea, upealla paikalla rinteessä, esteetön merinäköala turkoosille Välimerelle, omalla pihalla kokolias uima-allas, oli saunan yhteydessä poreallas, vaikuttava viinivarasto laatuviineille ja riittävän leveät makuupaikat kahdeksalle.

> - Kukahan tässä helteessä vielä haluaa saunoa, ihmetteli Lindberg, mutta ei se oikeastaan ollut hänen päänsärkynsä. Ehkä Tommin paikalliset vieraat halusivat kokeilla manalan kärvennystä tai suomalaiset kaverit hoidella Suomi-ikäväänsä.

Asunnossa oli hirveä sotku, siellä oli juhlittu kunnolla. Loma-asunnosta löytyi valtavan paljon sormenjälkiä, osa tuntemattomia ja osa tuttuja. Tommin ja Elinan sormenjäljet olivat selvät. Tommin passi löytyi asunnosta. Oliko Tommi muuttanut Espanjan aurinkoon. Se ei tuntunut todennäköiseltä, sillä kaikki löydetyt jäljet vaikuttivat vanhoilta, edelliskesäisiltä. Naapurit eivät muistaneet nähneensä Tommia, mutta yksi muu suomea puhunut, yltä päältä tatuoitu heppu oli viettänyt asunnossa railakasta elämää useiden tummien paikallisten neitokaisten kanssa.

Paljon oli tutkittavaa ja konstaapeleiden oleskelu Espanjassa vei muutaman viikon. Tutkimustulokset tulisivat olemaan laboratorion asiantuntemuksen varassa. Ehkä jotain selviäisi, jospa Espanjasta löytyisi ratkaisu. Poliisit lensivät passin, sormenjälkinäytteiden ja kaikkien todisteiden kanssa takaisin koleaan ja kylmenevään syksyiseen Suomeen, suoraan märkään ja loskaiseen lumisateeseen.

Seuraavaksi poliisit kävivät Airiston loma-asunnon kimppuun. Oli paljon asumisen ja perusteellisen lomailun merkkejä, sormenjälkiä ja valtavasti sukellukseen liittyvää tavaraa. Naapurit olivat nähneet iloluontoista Tommia silloin tällöin huvilalla, ei heillä ollut erityisiä havaintoja.

- Oli Tommi käynyt usein sukeltamassa, pyllistellyt paljon pihahommissa, nauttinut saunaoluita terassilla ja laulellut isänmaallisia lauluja. Ilo ylimmillään ja mukavaa seuraa. Sama simpsakka lady emännöimässä, taisi olla sihteeri. Ei mitään erityisen kummallisia havaintoja, hauskaa lomameininkiä vain, mutta ei viime aikoina. Viimeksi noin vuosi sitten, kertoivat avuliaat naapurit ihmeissään hekin Tommin katoamisesta.

Poliisit naarasivat merta huvilan edustalla ja vähän laajemmaltikin, löysivät muutaman ikivanhan ruumiin meren pohjasta ja saivat sitä myöten pari vanhaa katoamista selvitetyiksi. Pakko oli poistua Airiston huvilalta tyhjin toimin, ei jälkiä Tommin katoamisen jälkeen.

Airiston lisäksi Tommi oli kavereineen käynyt paljon sukeltelemassa Hangossa, jossa pari harvinaista hylkyä olivat herkkua harrastajille. Ja sukeltamisen oli saattanut hyvin sisällyttää samalla golfkierroksiin, sillä Hangossa oli myös mainio ja taitureille helpohko golfkenttä. Halpoja olivat kierrokset, joten Casinolle jäi paljon euroja poltettavaksi. Siellä sopi Tommin kavereineen tanssittaa neitokaisia Hanko-valssin tahtiin, käydä kyläilemässä eri mittaisilla ja eri tyyppisillä huvialuksilla Itä-satamassa. Verkostoituminen oli päivän sana ja siihen Hanko oli mainio paikka, kesällä täynnä porukkaa - ja rahan kahinaa.

Saivat poliisit aiheen hienoon syysmatkaan tyrskyiseen Hankoon. Jututtivat sukellus- ja golfalan ihmisiä. Tommin tunsivat monet. Hän oli elellyt leveästi, tarjonnut kierroksia uudistetulla, tyylipuhtaalla Casinolla. Oli tehnyt ahkerasti sukellusretkiä. Huhuttiin, että hän oli pitänyt itsellään kaikki hylyistä löytyneet esineet, niistä ilmiselvistä laittomuuksista ei saanut hiiskua museoviranomaisille. Tutkinnan kannalta ei ilmennyt johtolankoja, sillä Tommia ei ollut näkynyt Hangossa muutamaan vuoteen.

Mielenkiinnosta kävivät tutkijat golfaamassa kierroksen Hangossa, Suomen eteläisimmällä golfkentällä. Ihastelivat upeaa joka syksyistä muuttolintujen määrää, välillä taivas oli täynnä eri tavalla kirkuvia isompia ja pienempiä lintuparvia. Selvä komento täytyi tipusilla näköjään olla, kun lähdettiin ylittämään Suomenlahtea.

Oli pakko jatkaa tutkintaa konttorilla. Tommin puhelimen tutkinta ei ollut avannut johtolankoja. Lähes tyhjä pankkitili herätti kiinnostusta, oliko rahat viety käteisenä ulkomaille ja niillä aloitettu makoisa, uusi elämä. Sehän oli hyvinkin mahdollista, varsinkin kun Tommin passi oli löytynyt Espanjasta. Tili oli ja pysyi koskemattomana, luottokortteja ei ollut vingutettu.

- Jos Tommi on kadonnut maailmalle, voi hänen löytymisensä olla täysi mahdottomuus, vaikka ollaankin sinnikkäitä suomalaisia tutkijoita, virnuili Lindberg.

Koko ajan tutkijoiden mielessä kasvoi epämiellyttävä ja kylmäävä mahdollisuus, että Tommi oli joutunut henkirikoksen uhriksi, koska mitään jälkiä elämisestä ei ilmaantunut. Pelottavin ja ikävin vaihtoehto, mutta välttämätön pitää joka käänteessä ainakin takaraivossa. Löytyisikö jostain ruumis.

Rikoslaboratoriosta otettiin yhteys, oli ilmennyt jättämäinen yllätys. Torremolinoksen huvilalta löytynyt passi oli taitava väärennös. Joku oli halunnut matkustaa ja esiintyä Tommina.

Tommin kavereiden mukaan oli vallan mahdollista, että Tommi oli tehnyt diilin esimerkiksi jonkun lahtelaisen liivijengiläisen kanssa, luovuttanut palkkioksi hommista väärennetyn passinsa ja Espanjan loma-asunnon avaimet sitä vastaan, että Lahdessa sattui ikäviä, liiviläisten tekemiä autopaloja nimenomaan Tommin autoille. Tuntui valitettavan tyypilliseltä Tommin hommalta.

Lisää tutkimustuloksia laboratoriosta. Liivijengiläisten pomon sormenjäljet löytyivät Torremolinoksen huvilan kaaoksessa lojuneesta väärennetystä passista, espanjalaisesta viinapullosta ja huvilan lasiseinistä. Usean liivijengiläisen sormenjäljet olivat tuttua kauraa poliiseilla, usein vertailtuja ja yhtä usein osuttuja, niin nytkin. Siellä oli liiviläiset pomo lomaillut paikallisten neitokaisten kanssa ja unohtanut lähtiessään väärennetyn passin sinne. Suomeen pääsi suomalainen ilman passia, kotimaahansa. Tuoreita jälkiä Tommista ei löytynyt. Espanjan tutkintalinja taisi olla tiensä päässä.

Ohimennen poliisit yrittivät tutkia liivijengiläinen osuutta lahtelaisiin autopaloihin, mutta tavan mukaan kuulusteluissa vastauksiksi tuli vain 'no comments'. Tutkinta tyssäsi siihen. Ei autopalojen tutkimiseen poliisilla varsinaisesti ollut edes resursseja, vaivaisia pikkujuttuja.

Nyt olivat poliisilla johtolangat vähissä. Läheiset ja ystävät kuultu, huvilat tutkittu, merta naarattu, auto ja kännykkä löydetty, aito passi ja osa rahoista kadoksissa, kaikki ajateltavissa olevat laboratoriotutkimukset suoritettu eikä Tommista vilaustakaan.

- Suomessa katoaa vuosittain noin tuhat henkilöä, joista valtaosa löytyy muutaman päivän sisällä. Katoamisilmoituksia tehdään päivittäin useita kymmeniä. Erityisesti muistisairaat vanhukset työllistävät poliisia harharetkillään, mutta Tommi oli kadotessaan 44-vuotias. Täysi-ikäisillä on periaatteessa laillinen oikeus kadota jälkiä jättämättä, mutta vapaasta tahdostaan kadoksiin jääneitä on vuosittain vain muutama. Henkirikoksen uhriksi joutuu keskimäärin yksi ihminen noin joka kolmas päivä. Koska Tommi Asikaisen katoamiseen liittyy monta mysteeriä, jatkamme joka tapauksessa selvitystyötä todella intensiivisesti, lohdutti Lindberg Tommin läheisiä.

Kului aikaa, vuosia, satunnaisia näköhavaintoja, jotka osoittautuivat virheellisiksi. Edistystä ei tapahtunut, puhumattakaan läpimurrosta. Tutkijoille Ilmaantui koko ajan uusia tutkintatehtäviä, rikoksia, katoamisia, kaikkea raadollista maan ja taivaan väliltä. Tommin läheiset olivat epätoivoisia ja syyttivät suomalaisia poliiseja saamattomiksi ja veltoiksi.

-   On kai vihdoin kallistuttava kuolinteorian kannalle. Ehkä ruumis ilmaantuu joskus veden rajaan tai jonkun omatunto alkaa kolkuttaa ja tulee tunnustus. Tätä odotellessa, pohti Lindberg tutkijaryhmänsä kanssa.

*

-   *Hyvää huomenta, nimeni on Crisse Eriksson. Olen löytänyt Hangon golfkentän alueelta maakellarista ruumiin, oikeammin luurangon. Toivoisin, että tulisitte mahdollisimman pikaisesti paikalle, sillä minun täytyy aivan kohta palata Kauniaisiin tärkeään liikeneuvotteluun. On täällä henkilökuntaa paikalla, mutta luonnollisestikaan en halua vaivata heitä.*

Löytö herättäisi vain pelkoa ja lähtisi turhia juoruja liikenteeseen. Ihmisethän ovat, kuten tiedätte, innokkaita keksimään omia satuja.

- *Hyvä ja oikein paljon kiitoksia soitosta. Tulemme heti, lähetän pari partiota välittömästi. Siihen voi mennä vähän aikaa, kun lähin auto näkyy olevan Tammisaaressa, mutta pysykää siellä. Ette saa poistua mihinkään. Kiitos ja kuulemiin.*

Elettiin vuotta 2012. Presidentiksi oli valittu Sauli Niinistö, venäläinen feministinen punk-yhtye Pussy Riot oli esittänyt presidentti Vladimir Putinin vastaisen Punk-rukouksen Venäjällä ortodoksisessa kirkossa, laulaja Whitney Houston oli hukkunut hotellin kylpyammeeseen, tupakkatuotteet määrättiin piilotettaviksi kauppojen kassoille, Euroviisuissa Suomea oli edustanut Pernilla Karlsson kappaleella "När jag blundar" sijoituksena 30 ja viisut oli voittanut Ruotsin Loreen kappaleella 'Euphoria'.

Tommi Asikainen oli edelleen kateissa. Ehkä nyt selviäisi mysteeri Hangossa, Täktomissa golfkentällä.

- Tulkaa tänne konstaapelit, näytän sen maakellarin. Sittenhän te pärjäättekin jo itse, selitti Chrisse Eriksson, joka oli jo lähtökuopissa

valkoisen katumaasturinsa vieressä valmiina
singahtamaan liikeneuvotteluihin.

Maakellarista löytyi ruumis. Oikeammin luuranko, luita
siellä täällä, vähän hiuksia, golfvaatteiden vähäisiä
riekaleita, mustuneet golfkengät, pari golfmailaa. Ja toden
totta, mailoissa kaiverrus, heikosti näkyvissä 'Tommi the
Best'.

Maakellari oli sotkuinen, vaikeasti havaittavissa
yhdeksännen väylän viereisessä metsässä. Siellä se oli
synkässä piilossa, katseilta suojassa, vajaan metrin
korkuinen. Eivät kaikki vakipelaajatkaan tienneet sen
olemassaolosta. Sinne oli keskusrikospoliisin tutkinta
helppo keskittää.

Paikalla oli kauan sitten ennen golfkentän rakentamista
ollut vaatimaton maatila, torppa ja muutama piskuinen
piharakennus. Ne oli kaikki hajotettu golfkentän tieltä,
vain maakellari oli jäänyt jäljelle. Hangon golfkenttä oli
raivattu sankkaan havumetsään, oli kaatunut kuusta ja
mäntyä, siinä samassa vaatimaton torppa ja pienet
piharakennukset. Ei niitä kukaan enää muistanut. Silloin
tällöin joku golfari löysi alueelta vääntyneen
hevosenkengän onnea tuottamaan.

Golfarit eivät suin surminkaan halunneet mennä metsiin
muuta kuin pikaisille tarpeilleen. Pallon piti osua tasaisille,
kauniin vihreille väylille. Useat pelaajat jättivät metsään
vahingossa harhautuneet pallot etsimättä, metsissä saattoi
pallon sijasta pistää kätensä vaikka käärmeeseen,

inhottavia kyykäärmeitä näkyi silloin tällöin. Mutta
tarkkana ja säästäväisenä Tommi haki keltaisen pallonsa
vaikeistakin paikoista, ja Hangossa niitä riitti eikä Tommi
niitä pelännyt.

- Tulkaas kundit katsomaan, täällähän luussa näkyy
  selvä luodin jälki, ammuttu ilmeisesti suoraan
  niskaan, teloitus, äkkäsi Mauri Lindberg, joka
  edelleen toimi tutkinnanjohtajana.
- No jopas on raakaa peliä Rantsilassa, mies
  puukottanut kiuasta, naureskeli nuorin
  konstaapeli. Pahoissa paikoissa huumori helpotti.

Miksi ei henkirikos myös golfkentällä, oli sitä
kummempaakin nähty. Nyt oli tutkinta saanut uuden
suunnan. Kyseessä oli henkirikos, mutta oliko uhri
kadoksissa oleva Tommi Asikainen. Teloitus
niskalaukauksella golfkentällä, kuka, miksi, milloin,
merkillistä.

Talteen otettiin huolella kaikki mikä irti lähti, luut,
kankaan riekaleet, kengät, hiukset, golfmailat, koko maa-
aines ja kaikki roskat ympäristöstä rikostekniseen
laboratorioon tutkittavaksi.

Valoa näkyi tunnelin päässä, sillä Tommin golfkaverit
tunnistivat kenkien jäännökset varsin suurella
todennäköisyydellä Tommin poikkeuksellisen hienoiksi
golfkengiksi, olivat aitoa krokotiilin nahkaa, vaikkakin nyt
jo muiden elikoiden jyrsimiä. Mailat olivat varmuudella

heidän Tommille 40-vuotislahjaksi antamansa nimikoidut ja kalliit Cobrat.

Laboratoriotutkimukset kestivät kauan, sillä näytteet olivat vanhoja, vähäisiä ja surkeassa kunnossa. Kuitenkin tuli osumia, sillä Tommin dna:ta löytyi sekä kenkien sisäpinnasta että yhdestä, vajaan millimetrin pituisesta hiusjuuresta. Ei epäilystäkään, Tommi oli löytynyt Hangon golfkentän yhdeksännen väylän viereisestä maakellarista, joutunut törkeän ampumarikoksen uhriksi. Oliko viimeinen yhteinen golfkierros kavereiden kanssa koitunut Tommin kohtaloksi?

Kaikki kuulusteltavat väittivät olevansa tietämättömiä Tommin matkasta Hankoon ja golfkierroksesta, kaikkein vähiten ampumistapauksesta. Miten surmatyö oli edes mahdollista golfkentällä. Ensin oli saatava selville kuolinaika ja sitten olisi ryhdyttävä kuulustelemaan alibista erityisesti Elinaa ja Tommin vaimoa, joilla oli selvääkin selvempi motiivi, mustasukkaisuus. Useimmin henkirikoksissa tekijä löytyi uhrin lähipiiristä.

Mutta sitten tuli isku vasten kasvoja, kuin kolme puttia puolesta metristä. Luut eivät kuuluneet Tommille. Ne olivat ilmeisesti 1940-luvulta eikä yhtään suomalaista dna-osumaa löytynyt. Varmaa oli vain, että yksikään luu ei ollut Tommin, hiukset ja kengät sen sijaan olivat hänen. Ehkä jokunen vaatteen riekalekin oli kuulunut Tommille.

Mitä tämä suuri ristiriita saattoi tarkoittaa. Ainakin Tommin lähipiiri vapautui henkirikosepäilyistä.

Oli ryhdyttävä penkomaan historiaa ja tehtävä lankesi luontevasti ylikomisario Lindbergille.

Hangon saaristossa oli käyty verisiä taisteluja vuonna 1941 jatkosodan aikana, useita kymmeniä venäläisiä sotilaita oli kuollut ja oli oletettu, että heitä oli joutunut myös vangeiksi, oli paljon paenneita ja eksyneitä. Ehkä joku venäläisistä karkureista oli harhautunut tuntemattomissa metsissä aina Täktomiin asti, joutunut vangiksi ja tullut ammutuksi vihollisena. Päätynyt piilotetuksi maakellariin. Jatkosotaan ja vuoden 1941 tapahtumiin liittyvä olettama oli todennäköinen, ainakin mahdollinen. Sodan aikana tapahtui pahaa ja kauheaa, tarpeetonta tappamista, niskaan ampumista. Elämä edessä, luoti niskassa. Turhia kuolemia.

> \- Hei, täällä lukee vielä sellainen tieto, että Täktomintielle Hankoon on näköjään haudattu 453 jatkosodassa kaatunutta venäläistä, joista 267 on vielä tuntematonta uhria. Pitäisikö sinne lisätä vielä yksi kadonnut ja nyt löytynyt. Hauta vaikuttaa oikein mielenkiintoiselta nähtävyydeltä seuraavalla golfmatkalla, suunnitteli Lindberg taitavana golfarina.

Poliisit päättelivät pettyneinä, että sodan taistelujen aikaan suurella todennäköisyydellä joku venäläinen sotilas oli näin kohdannut määränpäänsä Täktomin maakellarissa. Eihän golfaavaa luurankoa tietenkään voinut olla, sen ymmärsi hyvin suomalainen konstaapelijoukko.

Miten maakellarin groteski installaatio oli syntynyt, kuka sen oli tehnyt ja milloin, ennen kaikkea miksi. Selvää oli, että jonkinlainen tarkoitus kaikella oli - ja että Tommi liittyi siihen vahvasti, ainakin jollain tavalla.

Tommin lähiomaiset olivat väsyneet odottamiseen, he olivat vihdoin valmiit ryhtymään toimiin Tommin kuolleeksi julistamiseksi, siis hakemus digi- ja väestövirastoon. Kohta olisi laillinen viiden vuoden odotusaika kulunut umpeen. Oli korkea aika panna asioille piste, saada sotkuinen pesä virallisesti selvitetyksi. Piti järjestää hautajaiset ja antaa uuden elämän kantaa eteenpäin.

- Ei Tommilta muuta ollut jäänyt kuin velkoja ja pahaa mieltä. Välillä joku viranomainen ottaa yhteyttä ja aiheuttaa paperin pyöritystä, tuskaili Elina, joka vielä kaiholla muisteli Tommia.

Salassa muilta ja itseltään Elina oli aluksi pitkien vuosien ajan odottanut yksityistä, lemmekästä yhteydenottoa. Olisipa Tommi jossain lämpimässä valmistelemassa heille yhteistä elämää, etelässä poissa Suomen ainaisista pakkasista. Ajatus oli hiipunut jo kauan sitten. Elina koki itsensä idiootiksi. Heidän keskinäinen rakkautensa olikin ollut petosta. Kyllä Tommi oli osannut vakuuttavasti näytellä, miespääosan Oskarin arvoisesti. Että Elina olisi muka ollut Tommin ainoa rakastettu ja luotettu. Väärin luultu, väärin puhuttu. Pohja pois toiveilta, vain omat petetyt tunteet jäljellä.

-        Ei miehiin voi koskaan luottaa, tuumi Elina.

Tommin vaimo asui uuden kumppanin, kirjanpitäjän kanssa vuokralla Lahden laitamilla kerrostalossa viihtyisässä kolmiossa, pitsiverhot ikkunoissa ja pelargoniat ikkunalaudalla. Mukava elämä muutoin elettävänä, mutta aviomies edelleen kadoksissa.

Vuosia kului, Tommi Asikaisen katoamiseen liittyvä tutkinta oli jätetty sivuraiteille. Päästiin vuoteen 2020.

*

-        *Hyvää päivää. Minulla olisi yksityisluontoisia tietoja ja haluaisen keskustella henkilökohtaisesti jonkun Keskusrikospoliisin tutkijan kanssa, joka olisi erikoistunut kadonneiden henkilöiden etsimiseen. En voi kertoa asiasta mitään puhelimitse. Haluan tulla luottamukselliseen tapaamiseen.*
-        *Ymmärrän hyvin. Ketähän kadonnutta henkilöä tietonne koskevat, niin tiedän varata ajan oikealle henkilölle.*
-        *Tommi Asikaista*
-        *No, hänen katoamiseensa liittyvä tutkinta on valitettavasti lopetettu, aikanaan sitä hoiti*

- *Haudi, soittelen Ilta-Sanomista. Pitäis tulla
  haastattelemaan ja kuvaamaan
  rikoskomisario Paalasta parista
  ajankohtaisesta. Tuli toive pomolta. Mä oon
  ihan uusi kundi tässä lehdessä. Olis vähän
  kiirus. Treffit tälle päivälle, pliis.*
- *Sopisiko teille iltapäivällä kello 15, komisario
  Paalanen on silloin vapaa.*
- *Oukei, pannaan sopimaan. Tere ja moro!*

Elettiin vuotta 2020. Korona-pandemia oli puhjennut, presidenttinä edelleen Sauli Niinistö, Suomi oli arvioitu kolmannen kerran maailman onnellisimmaksi maaksi, pandemia oli hiljentänyt maan ja maailman, ei ollut mahdollista matkustaa vapaasti, Sanna Marinin hallitus oli kieltänyt lukuisia asioita, mm. lastenlasten ja isovanhempien tapaamiset (ei rikkomisesta mitään sanktioita ollut, eikä sitä yleisesti noudatettu), Uudenmaan lääni eristettiin vähäksi aikaa, yleisötapahtumat oli peruttu, varsinkin yksin asuvat kärsivät syvenevästä yksinäisyydestä, koronarokotusta kehitettiin kiivaasti ympäri maailmaa tutkijoiden yhteistyössä. Euroviisut oli peruttu pandemian vuoksi.

Kun KRP:n rikoskomisario Terttu Paalanen kello 15 otti vastaan Chilessä vaihto-oppilaana opiskelleen Petri Villasen, ei kukaan arvannut mitä siitä seuraisi. Petrin oli tunnustettava, että hän oli saanut tapaamisen järjestetyksi esiintymällä toimittajana. Oikeasti hän oli kemian opiskelija Helsingin yliopistosta.

- Suokaa anteeksi pieni harhautus tapaamispyynnössä, mutta asiani on todella tärkeä ja haluan tulla kertomaan sen henkilökohtaisesti, selosti Petri topakkana. Maailmalla hän oli oppinut määrätietoiseksi ja kekseliääksi eikä häntä helposti lannistettu.

Petri oli ollut vaihdossa La Serena -nimisessä huikaisevan aurinkoisessa kaupungissa Eteläisen Tyynenmeren rannalla. Kaupungissa oli runsaat 400 000 asukasta ja sanoinkuvaamattoman kaunista rantaviivaa riitti kilometreittäin. Petrin huippumukava ja lämminhenkinen isäntäperhe oli ollut monipuolisesti urheilullinen, erityisesti sukellus oli ollut koko perheen harrastus. Välillä Petristä oli tuntunut, että kaikki asukkaat La Serenassa ja sinne tulleet turistit olivat päättömästi hullaantuneet sukeltamiseen. Ei ihme, olihan veden sisäinen maailma uskomattoman upea eikä La Serenan edustan monenkirjavien koralliriuttojen kauneutta voinut näkemättä uskoa todeksi.

Siinä yhteydessä rannalla Petri oli tavannut suomalaisen miehen, noin 60-vuotiaalta tuntuneen jo tyylikkäästi harmaantuneen Lars Smithin, jolla oli menestyvä paikallinen sukellusalan yritys. Mukava, myhäilevä mies. Rannalla tavatessaan Petri oli vaihtanut monta kertaa hyvän päivän kuulumisia suomeksi. Oli ollut vaihteeksi tosi rentoa käyttää suomen kieltä, vaikka se oli Larsilta jo paljon unohtunutkin.

- Mä oon ollu Chilessä jo runsaat parikymmentä vuotta enkä oo koko aikana ees kertaakaan käyny Suomessa. Ku ei oo ollu mitään syytä, oli Lars naureskellut Petrille ja kuvaillut sukelluksen ihanuuksia nimenomaan hänen omilla turisteille suunnatuilla sukellusretkillään.
- Mulla on perhe ja teini-ikäisiä lapsia Chilessä, upea ja nopea auto, hieno kivinen kotitalo ja kiva, rento työ. Mua taidetaan pitää varakkaana liikemiehenä. Suomalainen luonne, että ollaan täsmällisiä, lupaukset pidetään ja hommat hoidetaan sovitusti ja mieluummin paremmin kuin hyvin. Sillä mä oon taannut hyvän toimeentulon. Rakastunut ja rikastunut, voisi sanoa, oli Lars aikanaan selostanut Petrille.

Verojen maksu oli lähes tuntematon käsite Chilessä. Ei auringonoton yhteydessä meren rannalla kuitteja tai muitakaan papereita jaettu eikä kyselty. Kauempana meren pohjassa lojuvat hylyt ja erityisesti niiden salaiset, kultaiset aarteet varmistivat Larsille, taitavalle sukeltajalle hämäräperäisen käteisen riittävyyden.

Ei Petri ollut kysellyt Larsin menneisyydestä. Olisi se häntä kiinnostanut, mutta Petrille oli opetettu, että uteliaisuus oli epäkohteliasta. Jos joku halusi kertoa itsestään ja asioistaan, silloin piti kohteliaasti kuunnella. Mutta ei Lars ollut jutellut Petrille menneistä.

Kohta Petrin palattua Suomen maankamaralle Helsingin Sanomissa oli julkaistu laaja ja perusteellinen juttusarjan kadoksiin jääneistä suomalaisista, joiden katoamiseen saattoi liittyä henkirikos tavalla tai toisella. Kaikki pienetkin tiedonmuruset otettaisiin KRP:ssä vastaan.

- Vaikka kuinka tihrustin lehdessä julkaistua kuvaa, vuodesta 2008 lukien kadoksissa ollut lahtelainen liikemies Tommi Asikainen näytti tutulta, chileläiseltä suomea puhuneelta Lars Smithiltä, kertoi Petri. Tämän takia olen nyt tullut poliisin puheille henkilökohtaisesti ja haluan näyttää muutaman kännykkäkuvan. Pikselit riittävät tarkkoihin kuviin ja auringonpaiste vahvistaa terävän tason, eikö vaan, kyseli Petri ja esitteli laajan kuva-aineistonsa komisario Paalaselle.

Poliisit käyttivät kuvankäsittelyn vanhentamisohjelmaa Tommi Asikaisen nuoruuden kuviin. Ja toden totta, oli hyvin mahdollista, että vöyreä nallekarhun näköinen mies Petrin kännykkäkuvissa oli kauan kaivattu ja monista paikoista turhaan etsitty Tommi. Hänhän tunsi sukellusalan perin juurin hyvin samoin kuin kuitittoman kaupanteon ja hylkyjen kallisarvoiset aarteet, jotka saattoivat vaivihkaa hävitä sukelluspukujen syövereihin.

Komisario Terttu Paalasen pikainen lento Petrin kanssa Chileen, La Serenaan ja kappas vaan. Pehmokarhun oloinen Lars Smith löytyi meren rannalta Panama-hattu päässä työn touhusta. Suomenkielisen poliisin esittäytyminen oli välittömästi vetänyt vakavaksi ja hämmentyneeksi, mutta nopeasti mies oli koonnut itsensä, hymyillyt leveästi ja kutsunut tulijat palmukattoiseen vilpoisaan toimistoonsa eli pikkuisen, huojuvan sinisen pöytänsä ääreen keskustelemaan tarkemmin tästä yllätyksellisestä vierailusta. Mies oli heti ilmoittanut, etteivät sormenjälkitutkimukset ja dna-testit olleet tarpeen, hän oli oikea Tommi Asikainen. Hän oli myös valmis kertomaan, miten asiat olivat, Ei hänellä ollut salattavaa.

Hän oli asunut omasta vapaasta tahdostaan La Serenassa jo vuodesta 2008, Chilen kansalaisuus hänellä oli, hänen yrityksensä oli saanut virallisen paikallisen toimiluvan, hänellä oli upea chileläinen vaimo ja kolme pientä ja kaunista, melko vaaleatukkaista lasta. Asiat kunnossa.

- Ehkä chileläinen avioliitto ei ihan suomalaisen lainsäädännön mukainen oo, mutta paikallisten mielestä suorastaan mallikas. Näin mä haluan ja vakaasti aion edelleen olla ja elellä. Kotimaa on vaihtunut, ei ihan lennossa mutta melkein. Se kai ei ole laitonta. Elämä on täällä upeaa, ihanaa.

Suomi on jäänyt ikiajoiksi taakse, sorry vaan,
vakuutti Tommi-Lars edessä istuvalle, punaisen
kirjavaa Sangriaa naukkailevalle suomalaiselle
naiskomisariolle.

Komisario Terttu Paalasen oli myönnettävä, että kaikki
vaikutti olevan ainakin päällisin puolin kunnossa. Täysi-
ikäinen sai valita oman elämänsä, suomalainen esimerkiksi
chileläisen elämän, jos paikallinen lainsäädäntö ei ollut
esteenä. Nyt ei tuntunut olevan. Kiinnosti, miten Tommi
- nykyisin Lars - oli päätynyt tällaiseen tilanteeseen.

Kun Tommi-Lars avasi sanaisen arkkunsa, juttua tuli
valtoimenaan. Aivan kuin hän olisi halunnut vapautua
menneisyyden mustista muistoista, ripittäytyä. Hän kertoi
avoimesti olleensa pelkuri, raukkis. Sen olivat monet,
erityisesti läheiset tienneet. Liikemiehen kova ulkokuori
oli ollut rasite. Hän oli kyllä tosissaan rakastanut ihanaa ja
ylen kilttiä Elinaa, mutta ei ollut uskaltanut kertoa
vaimolleen, puhumattakaan siitä, että olisi hakenut eroa.

- Kun sitten vielä kiristettiin suhteen
  paljastamisella, liiketoimintaa uhkasi
  maksukyvyttömyys, avioliitto oli kuralla ja
  kaikkialla tuntui tulevan seinä vastaan, jouduin
  lievää vahvempaan paniikkiin ja pakko oli paeta.
  Liivijengiläiset hengittivät niskaan, kiristivät
  100.000 euroa. Silloin oli tosi kyseessä ja henki
  heitolla. Nopeasti tili melkein tyhjäksi, taskut
  täyteen käteistä, vain rippeitä tilin pohjalle,

Elinalle 20.000 euroa ikään kuin
anteeksipyyntönä, olihan pako Elinaa kohtaan
sydämetön teko. Kyllä minulla oli vilpitön
tarkoitus perustaa perhe Elinan kanssa, mutta ei
koskaan tuntunut olevan siihen muka oikea aika,
raukka kun olin, selitteli Tommi-Lars avarasti
katoamistaan.

Tämä kaikki oli ollut tutkijoilla tiedossa, mutta miten
kohtalo oli vienyt Chileen. Kertomus alkoi kutkuttaa
Terttu Paalasen mielikuvitusta. Hänestä tuntui
vahvasti, että oli tärkeää kuunnella, antaa
salaisuuksien tulla ilmi, etsiä ymmärrystä.

-      Kehittelin mielestäni todella vekkulin pakoretken,
jotain hauskaa viheliäiseen karkaamiseen ja
muistoksi minusta. Ensin Vammalasta useilla
kuoppaisilla linja-autokyydeillä Hankoon, missä
oli golfkentän yhdeksännen väylän vieressä
metsän siimeksessä sotkuinen ja synkkä
maakellari piilossa. Siellä olin kerran keltaista
palloani etsiessäni luullut nähneeni vähän luita.
Olin jo Vammalassa napannut golfbägistä
mukaan pakomatkalle vähän rekvisiittaa,
hienoimmat golfkengät, pari minulle nimikoitua
mailaa ja vähän golfvaatteita. Golfkierroksen
puolikas sitten Hangossa tekaistulla nimellä
tuntemattomassa tosi mukavassa paikallisessa
naisseurassa. Kertoivat pelaavansa melkein joka
päivä ja olivat iloisia uudesta herraseurasta. Jätin

jokaiselle kiitokseksi harvinaisen sinisen
golfpallon, tiesinhän etten vähään aikaan
minkään värisiä golfpalloja tarvitsisi. Vaivihkaa
illan hämärtyessä nostelin kaikki kamat nätisti
maakuoppaan epämääräisten luiden sekaan.
Revin omia hiuksia muutoinkin harvasta tukasta,
älytöntä. Lapselliselta se kaikki tuntui, vähän
hävetti, mutta golfklubilla nautitut törkeän
hintaiset, lukuisat oluet vahvistivat suunnitelman
toteuttamista. Hyvällä onnella luultaisiin minun
kuolleen sinne. Sitten viekkaasti rahtilaivalla
Hangosta Itämeren yli Rostockiin. Koska oli oma
passi hallussa ja kaikki taskut pullollaan kahisevaa
käteistä, ei ollut kovinkaan vaikea seikkailla ensin
oikein olan takaa Keski-Euroopassa ja sitten
lentää Etelä-Amerikkaan. Kun ei kauemmas
päässyt, satuin ihan sattumalta päätymään tähän
upeaan sukelluskohteeseen, La Serenaan.
Oikopäätä oivalsin tilaisuuteni tulleen. Toiminta
pystyyn, sukellusalan asiantuntemus oli vielä
kirkkaana hallussa, olosuhteet mitä parhaat, uusi
elämä edessä, hehkutti Tommi-Lars oikein itsekin
innostuen.

Siinä istui Tommi Asikainen oranssilla muovituolilla,
virttyneet shortsit jalassa ja teki tiliä elämänsä, sielunsa ja
omantuntonsa kanssa. Halusi vapauteen, oli painolastia
kertynyt, vuosikymmenet olivat kivirekenä mielessä.
Silmät painuivat maata kohti, mutta pikkuhiljaa selkä
suoristui. Paljon tapahtumia, kaikki salattua, nyt ilmoille ja

esille. Ei enää synkkiä, hävettäviä muistoja. Oli tullut aika, vihdoin. Katse nousi kohti kaukaista horisonttia.

Suomalaiset yllätysvieraat kuuntelivat hiirenhiljaa.

- Ja tässä sitä ollaan ja näin on hyvä, erittäin hyvä. Olen kiitollinen nykyisestä. Mitään kovin laitonta en vissiin tehnyt Suomen lakien mukaan, ja jos, niin kaikki on jo aikaa sitten vanhentunutta. Ehkä joku harmillinen, autoihin liittynyt diili tuli tehtyä liivijengiläisten pomon kanssa, mutta silloin kärsijänä oli vain vakuutusyhtiö. Ja niitä ei lasketa. Se pomo sai mennä Espanjan lämpöön, annoin väärennetyn passin ja oltiin sujut. Siinä asiassa omatunto ei kolkuta yhtään. Tämä kaksinnaiminen on tietty vähän kinkkinen juttu, koska chileläinen, paikallisen meedion siunaama liitto ei ole Suomessa lainvoimainen. Taidan virallisesti vielä olla suomalaisissa naimisissa. Läheisille ikävä temppu hävitä kuin pieru Chileen, mutta minkäs teit, pakko oli, pohdiskeli Tommi-Lars pitkään ja hartaasti.

Tommi-Larsia kiinnosti kovasti miten ja mistä häntä oli etsitty, kai sentään oli etsitty. Ja sitten syttyi pilke silmäkulmiin.

- Satuitteko kaivelemaan maata siellä Airiston huvilalla, olisitte voineet löytää ihan kokoliaan rahakätkön pinjapuun juuristosta. Se oli mun mielestä nerokas piilo, riittävä vararahasto uutta,

ylellistä elämää varten Elinan kanssa. Mutta kun
pakomatkan oli pakko suuntautua toisaalle, kun
oli ollut tuli hännän alla, sinne ne rahat jäi. Jos
vaikka rahat olisi juurtunut hyvin ja kasvattanut
lisää setelin poikasia, hekotteli Tommi-Lars.

Tommi-Lars oli herrasmies ja halusi saattaa harvinaiset
vieraat lentokentälle. Paluumatkalla lentokentälle tutkija
kertoi etsinnän monet vaiheet ja vivahteet, erehdykset ja
epätoivon. Täydellisenä yllätyksenä tuli, että Elina oli ollut
kiristyksen takana saadakseen Tommin toimimaan. Elina,
valekiristäjä.

- Jos Airiston huvilan uusi omistaja on löytänyt
  pinjapuun juuristossa setelikätkön, ei se poliisin
  tietoon ole tullut. Olisi siinä ollut selittämistä,
  naureskeli komisario Paalanen
  käsimatkatavaroitaan kanniskellen.

Suomesta tuodut tuulahdukset panivat selvästi Tommin
mietteliääksi, mutta vain pieneksi hetkeksi.

- Terveisiä Suomeen, toivotti pysyvästi
  ruskettunut mies, Tommi-Lars.

-

Hakemus Tommi Asikaisen kuolleeksi julistamiseksi oli
peruttava. ♣

KIITOKSET

Hyvä ystävä, opettaja ja opastaja, kustannustoimittaja,
luotettu Elina, olet avannut silmäni kirjoittamisen
riemulliseen maailmaan. Sanani eivät osaa kuvata, miten
onnellinen siitä olen. Aloittaessani Hangon
kansalaisopistossa ohjaamasi kurssin 'Iloa kirjoittamisesta'
en arvannut, miten oikein olit osannut kurssin nimetä.
Kiitän sinua pettämättömästä tyylitajusta, asiantuntevasta
ja hienovaraisesta ohjauksesta, pyyteettömästä
paneutumisesta, ahkeruudesta, innokkuudesta ja ihan
kaikesta. Sinutta en kirjoittaisi mitään, en yhden yhtä
novellia enkä ainakaan novellikokoelmaa. Elina Seikku,
olet aarre!

Rakkaat ystäväni Marja, Riitta, Helka ja Tuija, paljosta
olen teille kiitollinen. Nyt kiitän erityisesti saamastani
rohkaisevasta palautteesta ja kannustuksesta. Olen hyvin
tietoinen, etten itse eivätkä kirjoitelmani ole kaikkien
kauniiden sanojenne arvoisia, mutta arvostan niistä
heijastuvaa ystävällisyyttä ja ystävyyttämme.

Tiina ja Tomi, tupsahditte oikeaan aikaan oikeaan
paikkaan. Voititte nopeasti ja näppärästi tekniset, minulle
ylivoimaiset haasteet. Apunne oli ensiarvoista. Ilman teitä
istuisin vieläkin sormi suussa, itku silmissä ja kärsisin

unettomista öistä. Isot kiitokset korvaamattomasta avustanne.

Rakas kotikriitikkoni Jukka, sinulta en ole kuullut pahaa sanaa, mutta paljon innostavaa palautetta ja positiivista rohkaisua. Toivottavasti jaksat seistä rinnallani vielä kauan vahvana tammena, aion nimittäin jatkaa kirjoittelua – ja kaikkea muutakin.

Timanttini Meri, Jyri, Emmi, Okko, Tommi, Iivo, Vp ja Kamu. Teille kaikille toivon mahdollisimman paljon kaikkea hyvää. Toivottavasti pidätte aina lukemisen maailman elämässänne, edelleen ja yhä uudestaan (ei koske Kamua). Se on ihana ja upea maailma, se ilahduttaa, avartaa, lohduttaa, piristää, rohkaisee, ajatteluttaa, nostaa suosta, tekee onnelliseksi.

Monia muitakin on minulla aihetta kiittää lämpimästi, läheisiäni, kirjallisuuskurssin ystäviä, Susi-siskoja, golfyhteisöstä saamaani ilahduttavaa vastakaikua, BoD:n tehokasta toimintaa ja paljon, paljon muita ja muuta.

ISO kiitos kaikille!

Hangossa, heinäkuun helteillä 2024

Kirsti